모든 문장은
나를 위해
존재한다

▪ 이 도서의 국립중앙도서관 출판시도서목록(CIP)은
e-CIP 홈페이지(http://www.nl.go.kr/ecip)에서 이용하실 수 있습니다.
(CIP제어번호: CIP2009000307)

모든 문장은
나를 위해
존재한다

김진규

마음산책

모든 문장은
나를 위해
존재한다

1판 1쇄 발행 2009년 2월 10일
1판 2쇄 발행 2009년 5월 10일

지은이 | 김진규
펴낸이 | 정은숙
펴낸곳 | 마음산책

등록 | 2000년 7월 28일(제13 - 653호)
주소 | 서울시 마포구 서교동 395 - 114 (우 121 - 840)
전화 | 내표 362 - 1452 면집 362 - 1451   팩스 | 362 - 1455
홈페이지 | http://www.maumsan.com
전자우편 | maum@maumsan.com

ISBN 978 - 89 - 6090 - 051 - 6 03810

* 책값은 뒤표지에 있습니다.

늙고 병든 아버지의 책장은 낡은 책들로 가득했다.
텁텁한 질감의, 누렇게 바랜 종이들에
이해할 수 없는 단어들과
해독이 불가능한 문자들이 가득했다.
나는 그 세계가 언제나 막연하고
두려우면서도 욕심이 났다.

암호 같은 글자들을 향해 다이얼을 돌리다

幼年, 책—주파수를 맞추려 하다

그날, 아버지는 저녁을 걸렀다. 밥상 위에 찌개를 올리는 엄마를 일갈하고 당당하게 대문을 나서는 아버지의 기세에 엄마는 대번에 풀이 죽었다.

- 진규야! 아부지 따라가봐라!
- 그래 봐야 아부진 나 쳐다도 안 보는데!
- 잔말 말고 쫓아가! 막내딸년은 그러라고 있는 거야.

싫어. 결국 그렇게 빌고 넘어갈 일을 왜 또 들쑤신 건데. 그리고 엄마는 나를 그러라고 막내로 낳았는지 몰라도, 나는 그러려고 막내로 태어난 게 아니란 말이야. 싫어.

하지만 난 따라 나가지 않고는 살아남을 수 없다는 것을 이미 알고 있었다. 다만 순순하고 싶지 않았을 뿐이었다.

나는 아버지의 책장을 뒤졌다. 천변 공설운동장에서 테니스를 치고, 돋보기를 닦아 법전法典을 해석하고, 엄마를 울리고, 전국 방방곡곡 박혀 있는 동굴을 돌아보고, 무릎 꿇려놓은 가난한 자식들에게 천륜과 인륜을 설교하고, 또 엄마를 울리고. 그러는 아버지의 지독한 이기에도 이해받아 마땅한 근거가 있으리라. 암호 같은 글자들을 향해 다이얼을 돌렸다. 지글지글 끓어대는 잡음을 조금만 견디면 어느 순간 공기가 뚫리면서 명쾌한 해명을 들을 수 있을 것이리라. 그렇게 기대했다. 그래서 안심하고 싶었다.

青年, 책―꿈을 풀이하려 하다

그날, 뒤에서 무언가가 내 목을 물었다. 누구냐? 대답 없음. 그리고 아주 찬찬한 흡혈. 나는 조금씩 흐릿해졌다. 혈관이 텅 비어갈 즈음, 꿈에서 깼다. 빌어먹을! 벌써 몇 번째야?

꿈은 대개 거기서 거기였다. 요란하게 쫓기지 않으면 조용히 죽었다. 비약적으로 욕이 늘었다.

종로서적을 층마다 훑었다. 꿈이 내게 하는 말을 알아들으려면 먼저 꿈의 언어를 이해해야 했다. 책들은 저마다 제 언어로 지걸여댔고, 나는 내키는 대로 제목을 집어냈다. 독일인의 사랑, 게 눈 속의 연꽃, 신은 인간의 땅을 떠나라, 말들의 풍경, 유다의 나무, 동물농장, 죽음에 이르는 병. 그리고 값을 치렀다. 무의식을 의식으로 돌리는 방책을 구하기 위해 벌인 푸닥거리에 기꺼이 지불해야 하는 복채였다.

長年, 책―자존심을 지키려 하다

그날, 전업주부의 가사노동을 금액으로 환산하면 167만원이 된다는 기사를 보고 나는 거품을 물었다. 연례 기사. 다만 나올 적마다 꾸준히 인상되는 것만은 기특했다. 하지만 그것은 음모였다.

이유는 하필 그 기사가 부업으로 어마어마한 소득을 올리는 알파주부들에 대한 기사와 맞물려 나온다는 점에서 그랬다. 이는 탕탕평평이니 부디 열 받거나 기죽지 마라. 자부심을 가지고 가사노동에 전력으로 임하라. 스위트홈을 만들라.

게다가 절박한 고실업자 시대라는 배경 때문이기도 했다. 박사도 일이 없어 논다. 한데 전업주부들은 편안히 집에서 돈 번다지 않느냐. 모쪼록 감사하라. 그리고 그 감사함을 새겨 니들은 집에 있어라.

마지막으로 주로 기사의 작성자가 남성이라는 점에서 또 그랬다. 나는 뼈 빠진다. 놀러 다닐 생각 말고 167만원의 가치를 실천하고 있는지 반성 좀 해라.

이런 치사한.

언제나 그래 왔듯이, 안 하면 대번에 표시 나지만 정작 해놓고는 생색낼 게 없는 일들에 치어 사는 게 전업주부. 일? 그게 과연 일 축에 들기나 하는 건가? 일이라면 보상이 따라야 하는데, 무슨 보상? 손에 잡히지도 않는 167만원? 가족의 안온과 평안이라는 뜬구름? 청소, 빨래, 설거지, 분리수거에 인생 걸려고 그 여러 날을 도서관에서 종종거렸던 건 아니었어. 손에 익는다는 것 말고는 발전이나 성장과는 상관없는 그런 것들을 위해 그 많은 시간을 전전긍긍했던 것도 아니었고. 하지만 누군가는 해야 할 일이야. 근데 그게 왜 나여야만 하는데?

책마다 밑줄을 그었다. 파랗고 빨갛게 활자들을 포박했다. 그러고는 그것들을 내 곁에 끌어다 앉혀놓고 시비를 걸었다. 내 생각은 이래. 너는 그래서 틀려 먹었어. 쟤는 다른 말 하던데. 재갈 물린 활자들은 아무런 반박도 하지 못했고 나는 이겼다. 아, 제대로 살아 있다는 느낌.

2009년, 모든 문장은 나를 위해 존재한다

처음엔 그저 나 스스로를 수수방관하지 않기 위해 책을 읽었고, 주섬주섬 모은 문장들을 난장으로 흩어지는 일상에 응용했다. 한데 나이가 들면서 그 작업은 좀더 지능적으로 변했다. 자작 김진규 태양왕설說. '모든 문장이 나를 위해 존재한다' 는 이론.

나를 중심에 두고 책들로 하여금 내 주위를 공전하게 했다. 책들은 불평하지 않았다. 혼자서도 빛나는 거룩한 행성들이 한낱 위성의 자리로 떨어졌는데도 묵묵했다. 세상 그 어떤 존재도 나에게 그렇게 해줄 수 없을 것이다.

그 독특한 경험을 한 인터넷 서점에 글로 옮겼다. 필력은 못미더웠지만 내가 읽어온 책들과 그 책 속 문장들의 힘을 신뢰했기에 가능했다. 그렇다고 내 글에 대한 불안까지 가신 건 아니었다. 온갖 불길한 징조와 상서롭지 못한 예감을 만들며 나는 지난 계절 내내 홀로 들끓었다. 하지만 결국 그 글들을 수정하고 다른 이야기를 더 보태서 책으로 묶는다.

그림도 해가 되고, 소리도 해가 되는 모진 세상에 활자라고 별 도리가 있겠는가만, 하필 나까지 보태는 건 아닌가 무섭다. 그럼에도 읽어주십사, 청한다. 외람되다.

2009년 2월
김진규

□ 차례 □

책머리에

나는 어둠이 어렵다. 내가 어두워서, 내
가 어둡기 때문에, 나는 어둠이 어렵다.

내 글을 팔아
언니에게 신발을

사람의 눈동자는 흰 부분과 검은 부분으로 이루어져 있다. 어째서 신은 검은 부분을 통해서만 사물을 보도록 만들었을까? '인생은 어두운 곳을 통해서 밝은 곳을 바라보아야 하기 때문이다.' 탈무드 말씀이다.

나는 어둠이 어렵다. 여기에서 '어렵다'는 단어가 가진 수많은 뜻들 중 '상대가 되는 사람이 거리감이 있어 행동하기가 조심스럽고 거북하다'를 의미한다.

다시. 나는 어둠이 어렵다. 불확실, 비밀, 추위, 퇴폐, 공포. 무엇보다 평온하면서도 폭력적이라는 점에서 모순인 어둠. 그 어둠을 타고 나타나는 거라면, 혹여 그게 날개 부러진 천사래도 피할 것이다. N극이 N극을, S극이 S극을 만나면 밀쳐내는 것과 같은 경우다.

내가 어두워서, 내가 어둡기 때문에, 나는 어둠이 어렵다.

어려서부터 내 주변엔 어른들이 많았다. 바로 위 언니하고도 아홉 해 터울이었다. 그 어른들이 나에게는 늘 비교 대상이었다. 그들에 비해 나는 제대로 할 줄 아는 것이 하나도 없었고 아는 것 또한 빈약했다. 아이는 칭찬으로 큰다지만 나는 아니었다. 지금 생각해도 꽤 가혹했다. 그냥 맘 놓고 어려도 되는 거였는데. 혼자 애면글면한다고 어른이 되는 것도 아니었는데.

그래서인가, 나는 '홀대'를 제일 참지 못한다. 내가 나를 무시해 온 시간이 너무나도 서러웠던 탓이다. 설상가상으로 뒤끝까지 있으니 있는 힘껏 꽁해져서는 두고두고 원망하고 미워한다. 게다가 그 홀대가 받을 만해서 받은 거였다는 판단이 들면 그때부턴 그만큼밖에 안 되는 나를 미워하는 데 전력을 쏟는다. 참 못할 짓이다.

그래도 그런 부정적인 소회들이 오기와 투지의 밑천이 된다. 내가 두고 보잔다고 정말로 두고 볼 일이 생길는지 그거야 모를 일이지만, 그래도 두고 보자며 뭐라도 하는 것이 두고 볼 일 생길 리 없다며 지레 포기하는 것보다 훌륭하다.

인생의 뒤켠에
깊숙이 뿌리 내린 그늘을 알아차린 이후
내 삶의 스펙트럼은 어둠 쪽으로 기울었다.
절망도 에너지가 될 수 있는 것이어서

김은규, 「자서自序」

16

제 눈물로 해갈하며
제 그림자 아래 안식하며
지금까지 버티어 왔다.
이제는 벗어나고 싶다.
그간의 집착에 아퀴를 짓고
실낱 같은 빗살도 무지개로 펼쳐 보이는
생의 프리즘을 새로이 갖고 싶다.

작은언니가 나이 마흔둘에 수능을 보겠다고 했을 때 집안은 갖가지 의견으로 들끓었다. 그러거나 말거나 언니는 당당하게 정시로 대학을 들어갔고, 그러고 등단을 했고, 곧이어 시집 『어둘 무렵이면 내가 보인다』를 펴냈다.

별은 진즉부터 빛나고 있었던 것이다. 별과의 거리, 적어도 수백 광년. 너무나 멀리 있어서 그 반짝임을 늦게 알아챈 것일 뿐이었다.

시인 한 사람이 세상에 태어날 때마다 별자리에 특이한 움직임이 있다는 말은 사실인 것 같아.

○ 하늘을 나는 비닐봉지

운동장 낙엽 청소는 신나는 일이었다. 명분으로야 엄연히 청소였지만, 놀이나 마찬가지였으니 신이 났으리라. 이미 떨어진 것보다는 떨어질 것들이 목표였다. 이파리가 하나씩 날아갈 적마다 열 살 안팎의 조무래기들이 각자 예상한 낙하지점을 향해 달려갔다. 부딪히기도 여러 번, 코앞에서 뺏기기도 여러 번.

집에 갈 즈음이면 이거고 저거고 아무 상관도 없을 정도로 몸이 지쳤다. 무릎 꿇은 채 들어야 하는 아버지의 긴 설교도, 벼락처럼 떨어지는 엄마의 험한 야단도, 언니들의 굵은 눈물도, 하물며 동물성의 콧김을 내뿜으며 화단 채송화를 짓이기던 그까지도 겁날 게 없어졌다. 하지만 그건 잠깐이었다. 심장이 제 속도를 찾기 시작하면 나는 도로 집에 가기가 싫어졌다. 불안한 귀가. 유년幼年에겐 버거운 절망이었다.

김은규, 「하늘을 나는 비닐봉지」

벗어나고 싶은가보다
이 우물 속 같은 곳을 벗어나, 저 또한
낮달 푸른 하늘을 눈물나게 한번 날고 싶은가보다
새도 아니고 나비도 아닌 것이
바람도 풍선도 아닌 것이
몸 부풀려 벽이라도 까마득히 타 오를 기세다
날개를 향한, 저 검은 비닐봉지의
좀처럼 사그라들지 않는 맹랑한 몸짓
좀처럼 분해되지 않는 망령처럼 질긴 꿈
사실, 행색 말끔하던 시절에도
저 안에 담을 수 있는 것이란

자잘하고 옹색한 일상이 대부분이었지만,

터질 듯 채워 넣었을지라도

들고 가는 이의 뒷모습까지 덩달아

초라하고 슬퍼 보이기도 했지만,

아무것도 담기지 않은 지금 또한

가뿐히 띄워 올린 몸 풀죽어 자꾸 주저앉긴 하지만,

나는 조심스레 지켜본다

검은 비닐봉지,

어깨 좁은 골목길에서 다시 몸을 추스르는

가슴 가득 하늘을 들이키고 있는

저 검은 비닐봉지

아버지한테선 용각산 냄새가 났다. 은단 냄새도 났다. 담배 대신
이었지만 그렇다고 아버지가 담배와 완전한 절연 관계에 있던 것도
아니었다. 담배연기로 매캐한 거실을 들어설 때마다 아버지보다 내
가 먼저 죽고야 말거라는 방정맞은 생각이 들곤 했다.

그 거실에서 아버지는 홍콩 무협영화를 섭렵했다. 병든 시간이
비디오 번호 순서대로 수월하게 흘러갔다. 비디오 대여점에서 받아
오는 검정 비닐이 집으로 가는 내내 사각으로 흔들렸다. 나는 살기
가 싫었다. 음주와 흡연에 대한 강한 욕구. 청년靑年에게도 버거운
절망이었다.

인간의 절망은 가지가지다. 때로는 중풍과 비슷하여 의지를 속박하고 사고 작용을 마비시킨다. 때로는 공포나 비겁함과 비슷하여 자포자기적인 행동으로 몰아세우고 도움을 찾아 발버둥치게 하고, 인간의 존엄성을 잃게 하고, 땅바닥에 내동댕이치고, 벌레 같은 인간으로 만들어버린다. 움직이지 않는 바위 같은 절망도 있다. 그런가 하면 동정하고 싶어질 만큼 눈물겹고 가련한 절망도 있다.

○ 그믐달

유년기의 함정들 중의 하나는 느끼기 위해 이해할 필요가 없다는 것이다. 이성이 사건을 이해할 수 있을 때는 이미 가슴속의 상처가 지나치게 깊어진 후다.

술 오른 그의 얼굴은 완전히 멍게였다. 배출되지 못한 알코올이 만만한 얼굴을 붙들고 부리는 극성이었다. 그 얼굴이 시도 때도 없이 나를 못살게 굴었다. 밤도 예외는 아니어서, 꼬깃꼬깃한 소복을 떨쳐입은 한 여인이 툭하면 그를 데리고 나타나고는 했다. 여인이 그의 얼굴을 따서 잘게 저몄다. 그러고는 상청에 퍼질러 앉아 그 벌건 살을 더 벌건 초장에 찍어먹었다. 입가로 시뻘겋게 흘러내리는 끈적끈적한 즙. 그 꿈을 꾼 날은 하루 종일 재수가 없었다.

그가 우리 집에 가진 억하심정을 어서 잊게 해달라고 빌었다. 저밖에 모르고, 할 줄 아는 거 없고, 그래서 늘 챙겨줘야 하고, 무례하고, 고집 세고, 그래서 언제나 참아줘야 하는 헛수고에서 우리 집을

『수아베 프로페토』, G. 세레브랴코바. 『바람이 그렇지』, 카를로스 루이스 사폰

그만 빼달라고 기도했다.

미친년 혼자 밤을 가네
어둠에 겯은 마음 허공 가득 끌어안고

누굴 찾는 것일까,
은빛 요기 희뜩이는 저 눈초리

황톳길 깊은 발자국
등 돌려 이미 가고 없는데

잠을 자다 말고, 아니 꿈을 꾸다 말고 맨발로 아파트 복도를 배회
했다. 같이 가자, 돌아가신 아버지였을 수도 있었고, 같이 가자, 생
면부지의 원혼이었을 수도 있었다. 나는 울었다. 도대체 무슨 이유
로 나를 데려가고 싶어하는 건지 너무나도 억울하고 속상해서 울었
다. 차가운 돌 위에 쪼그리고 앉아 열을 식히고 현관문을 여니 남편
이 서 있었다.

"막 찾으러…… 발이…… 왜 그래?"

왈칵. 또 왈칵. 철철 넘치는 눈물에서 비릿한 냄새가 났다.

간당간당하던 내 정신이 깊은 분열로 가는 대신 완곡한 우울증으
로 끝나고 만 것은 오로지 그때 그 억울함 때문이었다.

새벽에는 오한으로 몸이 떨렸다. 한기에 잠깨는 새벽에, 마음이
몸으로 돌아오지 않아서 몸은 아득했다.

엄청난 무게의 배가 물 위에 떠 있을 수 있는 건 '적당'한 양의 공
기가 배 안에서 '적당'한 곳에 자리 잡고 있기 때문이다. '적당'하
지 못하면 배는 배가 될 수 없다. 하지만 '적당'해서 배가 배가 된
대도 닻을 내리지 못한다면 배는 또 배로서 쓸모를 누릴 수 없다.

쑥대강이 우거진 더벅수풀 뒤범벅인 정신 가진 사람 보고는 '미
쳤다' 하고, 앞뒤문짝 비그러져 빈 바람이 허술하게 드나드는 사람
을 보고는 '정신 나갔다' 하고, 정신 속으로 난 길이 항상 어수선하
여 무슨 일의 사지곡직事之曲直을 제대로 구분 못하는 사람을 보고
는 '정신이 없다'고 한다.

나에게 가장 필요한 건 균형이다.

○ 신발
어릴 적 미래란
언니의 운동화를 물려받는 일이었다, 두 치수쯤 큰
그것을 할싹 서리고 나서면 몰이 먼저 달아올랐다
얼마나 조바심을 쳐야 했던가
등하교 길에서 달음박질하는 아이들 꽁무니에서

좀처럼 좁혀지지 않던, 어린 발뒤꿈치와 신발 뒤축 사이처럼,

그 거리에 얼마나 기가 죽곤 했던가

그러다 발에 맞을 즈음이면 이미 날긋날긋

밑창으로 숨어든 잔돌이 발바닥을 물어뜯곤 했다

그리고 뾰족구두를 처음 신고 나서던

가로수와도 키를 견줄 듯 의기양양하던

나를, 나는 빙긋 웃으며 회상한다

새초롬한 구두코에 간들거리는 뒷굽으로

다섯 자 남짓의 남루를 꾸며보리라 했던

백화점 명품코너며 수입 보세점을 기웃거리곤 했던

나를, 나는 다시 웃어준다 이곳에서

내 신발은 사람의 눈을 끌지도 못하고

두어 시간씩 조석으로 갈아타며 부대끼며 가는 동안

발가락들은 볼이 터져라 부어오른 지 오래이지만

나도 이젠 알고 있다

모든 신발은 같다는 것,

헐렁하거나 지레 낡았거나 운혜 당혜 제왕의 구두일지라도

반드시 벗어놓아야 하므로,

시속 이백 킬로의 휘몰아치는 어둠이 멈춰서는 그날

저 밖으로 걸어 나가기 위하여선, 가뿐히

종이신으로 갈아 신어야 하므로

중학교 입학이 뭐라고 새 신발이 생겼다. 깊은 바다색의 뭉툭한 랜드로바였다. 똥구멍이 찢어지게 가난했던 살림에 공부도 제대로 마치지 못한 큰언니가 세상한테 구박받아가며 벌어온 돈이었다. 가당치 않았지만 나는 그저 좋았다. 해가 나건 비가 오건 그 신발만 고집했다. 한데 그 귀한 신발이 유독 눈길에 약했다. 등하굣길에 이리저리 굴러다니느라 나는 더 느려졌다. 보다 못한 엄마가 신발에 검정 고무줄을 칭칭 감아주었다. 모양은 나지 않아도 꽤 실용적이었다. 더이상 넘어지지 않는 것을 감사하며, 그렇게 겨울도 났다.

27년이 지나 그때처럼 또 겨울. 나도 언니에게 신발을 사줄 거다. 거친 내 글을 팔아서 말이다.

□ 사족

세상을 움직이는 것은 쾌락의 추구가 아니라 중요한 모든 것에 대한 포기라는 사실만 알아둬요. 군인이 적을 죽이기 위해 전쟁터로 나간다고 생각하오? 아니, 그는 조국을 위해 죽으러 가는 거요. 아내가 남편에게 자신이 얼마나 행복한지 보여주고 싶어한다고 생각하오? 아니, 그녀는 그의 행복을 위해 자신이 얼마나 헌신적으로 고생하고 있는지 그가 알아주기를 바라오. 남편이 자아를 실현하기 위해 직장에 나간다고 생각하오? 아니, 그는 가족의 행복을 위해 피땀을 바치는 거요. 자식들은 부모를 기쁘게 해주기 위해, 또 부모는 자식을 기쁘게 해주기 위해 꿈을 포기하오.

내게는 언니 셋, 형부 셋, 오빠 둘, 올케언니 둘이 있다. 내가 아주 어릴 때부터 혼인으로 독립할 때까지 내 생계와 학업을 책임져온 실질적인 부모들이다. 그러므로 나의 글질은 거칠기는 해도 나름의 효孝다.

나는 시를 '읽는' 일에 미쳐갔다. 한데
막상 시를 밝히다 보니 반전이 일어났
다. 시비가 사라지는 것이었다. 시는 진
실로 거룩했다. 마음이 착해지고 정돈되
기 시작했다. 시는 신의 영역에 존재하
므로 시비 따위가 통할 리 없음이었다.

내가 글을
쓰는 이유

어느해 봄이던가, 머언 옛날입니다.

나는 어느 친척親戚의 부인을 모시고 성城안 동백冬柏꽃나무그늘
에 와 있었읍니다.

부인은 그 호화로운 꽃들을 피운 하늘의 부분部分이 어딘가를

아시기나 하는 듯이 앉어계시고, 나는 풀밭위에 홍근한 낙화落花가
안씨러워 줏어모아서는 부인의 펼쳐든 치마폭에 갖다놓았읍니다.

쉬임없이 그짓을 되풀이 하였읍니다.

그뒤 나는 년년年年히 서정시抒情詩를 썼읍니다만 그것은 모두가
그때 그꽃들을 주서다가 디리던- 그마음과 별로 다름이 없었습니다.

그러나 인제 웬일인지 나는 이것을 받어줄이가 땅위엔 아무도 없

음을 봅니다.

내가 주워모은 꽃들은 제절로 내손에서 땅우에 떨어져 구을르고
또 그런마음으로밖에는 나는 내 시詩를 쏠수가없습니다.

'꽃들을 주서다가 디리던' 마음으로 '년년年年히 서정시'를 썼
다는 시인은 공교롭게도 이름조차 서정주다. 남성풍의 이름으로 학
창시절 내내 시달린 나에게는 부러움에 다름 아닌데, 그렇다고 내
가 내 이름을 싫어한다는 것은 아니다. 다만 좋아하지 않을 뿐. 어찌
되었든, 그럼 나는 어떤 마음으로 글을 쓰는 걸까? 그것도 근근이.

황새 따라가다가 가랑이가 찢어졌다는 뱁새는 참새목 딱새과의
새로 몸길이가 약 13센티미터다. 아무리 짧게 잡아도 황새 키가 1미
터를 훌쩍 넘으니, 뱁새 가랑이 찢어지기 전에 발등 살피느라 황새
허리부터 굽겠다. 본명도 은근히 측은하다. 붉은머리오목눈이. 꼭
지나던 불량 독수리에게 되우 두들겨 맞은 모습을 들키고 나서 받
은 이름 같다.

내가 그 뱁새를 주목한 지는 꽤 오래되었다. 체격조건이 일치하
는 데다가, 내가 아무리 못났어도 남 흉내 내다 골병드는 일만큼은
없어야 하지 않겠느냐는 나름의 경계 의식 때문이었다. 그러다 보
니 날로 느는 것이 시비였다. 책에 대한, 그리고 글쟁이들에 대한.
책을 읽을 적마다 저자의 의견에 말대꾸를 했고, 사사건건 트집을
잡았다. 그리고 그것을 독후감이라는 평계로 거침없이 뱉어냈다.

일종의 방향 전환이었다. 더이상은 주눅 든 독자로서 지내지 않겠다는. 사실은 열등감과 콤플렉스에서 비롯된 자격지심이었지만. 오르지 못할 나무에 대한 시기심 같은 거 말이다.

깨금발을 하고 주방에 딸린 가로 세로 1대 2 비율의 창문을 통해 동네를 내다보면, 바로 앞 여고 운동장 건너편에 이름을 잊은 아파트 단지가 보인다. 그런데 어느 날, 그중 우리 집과 마주한 아파트 두 동이 갑자기 내게 꽃으로 다가왔다. 창마다 하얗고 동글납작한 것들이 햇빛을 반사하며 눈이 부시게 매달려 있었다. 처음엔 뭔가 했다. 알고 보니 안테나였다. 왼쪽을 향해 일제히 활짝 젖혀져 있는 접시 모양의 위성안테나들. 수도 없이 달려 있는 그 물건들이 하루 중 어느 때 빛의 각도가 오묘하고도 기가 막히게 맞아 떨어지면, 그렇게 꽃이 되는 것이다.

살아가면서 각도가 의미심장하게 다가오는 경우, 상당하다.
과시용 각도. 설거지 후 삶은 행주를 어떻게 각 잡아 너느냐의 문제. '난 참 반듯한 주부랍니다' 라는, 남편에게 잘 보이기 위한 이미지 관리 차원의 작업.
물리적 각도. 주차할 때의 문제. 옆 차 주인에게까지 굳이 장수 축원—욕먹으면 오래는 산단다—받지 않으려면, 신경 좀 써야 하지 않겠나 싶은 바퀴 꺾기의 요령 혹은 기술.
얼짱 각도. 사진 공유의 문제. 웹에 한 장 올리려면 그래도 좀 모양이 나는 것으로 골라야 할 것이니, 카메라 위치는 45도 위, 턱 숙이기는 15도 아래 유지 필수.

역사적 각도. 경상북도 경주시 토함산 석굴암 부처님 미스터리. 주로 외적外敵과 관련된 것들로, 적의 한 첩자가 부처님 앉은 자리의 각도를 고의로 틀어놓으면서 변란이 잦아졌다는 둥, 부처님 이마에 붙은 보석은 그냥 보석이 아니고 적이 침입할 경우 벌겋게 열을 뿜는 호국護國의 눈이었을 거라는 둥, 일본의 보석수집상이 부처님 이마에 손을 댔는데 치밀하게 계산된 각도에 따라 뚫어놓은 사방 구멍에서 창이 날아와 그를 곤죽으로 만들었다는 둥, 수학여행 때 이불 속에서 오고 갔던 수많은 전설들.

군사적 각도. 우리나라 위기상황 시 63빌딩 꼭대기에서 잠실 운동장 뚜껑을 향해 정확하게 빛 한 줄기 쏘면 로보트 태권브이가 짜~안 하고 나온다 하니, 아마도 오성장군만이 알리라, 일급 군사기밀.

마지막으로 아파트 한 동을 흰 꽃들이 달덩이처럼 피어 붙은 잿빛 담장으로 탈바꿈시켜 버리는 자연의 각도.

나도 각도를 달리하고 싶어졌다. 허튼소리에 불과한 나의 시비에 품격을 얹고 싶다는 욕심이 들었다. 언어의 품격, 하면 그건 당연히 시詩였다.

시의 사전적 정의는 이렇다.
[명사] 문학의 한 부분. 자연·인생 등의 모든 사물에 대하여 일어나는 정서·감흥·상상·사상 등을 일종의 운율적 형식으로 표현 서

술한 것. 원래 시의 어원은 과학에 상대하여 창조적 상상 문학을 일컬었음. 본질적 특징은 언어 예술로서의 미적 가치를 지니며, 시어는 내용·의미가 풍부하게 또는 깊고 넓게 해석할 수 있고, 리듬을 갖추고 감동을 수반하는 개성적 내면의 진실을 표현하는 것임. 압운·자수字數 등의 격식을 갖춘 정형시와 산문적인 산문시가 있으며, 또 서사시·서정시·극시 등으로 나눔.

하면, 세상에서 시는 무엇일까.

서정주, 「자화상自畵像」

애비는 종이었다. 밤이기퍼도 오지않었다.
파뿌리같이 늙은할머니와 대추꽃이 한주 서 있을뿐이었다.
어매는 달을두고 풋살구가 꼭하나만 먹고 싶다하였으나…… 흙으로 바람벽한 호롱불밑에
손톱이 깜한 에미의아들.
갑오년甲午年이라든가 바다에 나가서는 도라오지 않는다하는 외外할아버지의 숱많은 머리털과
그 크다란눈이 나는 닮었다한다.
스물세햇동안 나를 키운건 팔할八割이 바람이다.
세상은 가도가도 부끄럽기만하드라
어떤이는 내눈에서 죄인罪人을 읽고가고
어떤이는 내입에서 천치天痴를 읽고가나
나는 아무것도 뉘우치진 않을란다.

31

찰란히 티워오는 어느아침에도

이마우에 언친 시詩의 이슬에는

멫방울의 피가 언제나 서꺼있어

볓이거나 그늘이거나 헛바닥 느러트린

병든 수캐만양 헐덕어리며 나는 왔다.

'애비는 종이었다.'

얼쑤!

상것에 불과했다는 자신의 내력을 질러버렸는데도 듣는 이의 귀
는 전혀 불편하지 않다. 설사 '애비는 남자를 사랑했다.' 그렇게 고
백했대도 달라질 것이 없어 보인다.

'나는 아무것도 뉘우치진 않을란다.'

절쑤!

또한 전혀 불쾌하지 않다. 아무것도 용서하지 않겠다고 한다 해
도 마찬가지일 것이다.

시는 그랬다. 반항성을 부추기는 선동가이기도 하고, 그 혹은 그
녀의 책갈피에 몰래 찔러 넣는 가슴 떨리는 쪽지이기도 하고, 잊었
거나 잃어버린 것에 대한 제법 담담한 그리움이기도 하고, 내 살아
온 날이 이러했노라는 못 말리는 고백이기도 하고, 신을 향한 진실
한 경배이기도 하고, 시종일관 지루한 가르침이기도 하고, 제발 이
젠 네 삶 좀 돌아봐 하는 생각 많은 이의 잠언이기도 하고.

오랜 빙하기氷下期의 얼음장을 뚫고 연연히 목숨 이어 그 거룩한 씨를 몸지녀 오느라고 뱀은 도사리는 긴 짐승 냉혈冷血이 좋아져야 했던 것이다.

몇만년 날이 풀리고, 흙을 구경한 파충爬蟲들은 구석진 한지에서 풀려나온 털 가진 짐승들을 발견하고 쪽쪽이 역량을 다하여 취식하며 취식당했다.

어느날, 흙굴 속서 털사람이 털곰과 털숲 업쓸고 있을 때, 그 넘편 골짜기 양지밭에선 긴긴 물건이 암사람의 알몸에 붙어있었다.

얼음 땅, 이혈異血 다스운 피를 맛본 냉혈은 다음 날도 또 다음 꽃나절도 암사람의 몸에 감겨 애무 흡혈吸血하고 있었으나 천하, 욕慾을 이루 끝 새키지 못한 숫뱀은 마침내 요독을 악으로 다하여 알! 앙! 그 예쁜 알몸을 물어 죽여버리고야 말았다.

암살진 피부는 대대손손 지상에 살아 징글맞게 미끈덩한 눈물겨운 그 압축壓縮의 황홀을. 내밀히 기어오르게 하려 하여도 냉혈 그는 능청맞은 몸짓으로 천연 미끄러 빠져 달아나 버리는 것이었다.

오랜 세상, 그리하여 뱀과 사람과의 꽃다운 이야기는 인간사는 사회 어델 가나 끊일 줄 몰라 하더니, 오늘도 암살과 숫살은 원인

모를 열에 떠 거리와 공원으로 기어나갔다가 뱀 한 마리씩을 짓니까려 뭉개고야 숨들이 가빠 돌아왔다.

내 마음 미치게 불질러 놓고 슬슬 빠져나간 배반자야. 내 암살 꼬여내어 징그런 짓 배워준 소름칠 이것아. 소름칠 이놈아.

이들 짐승의 이야기에 귀기울일 인정은 오늘 없어도, 내일날 그들의 욕정장欲情場에 능구리는 또아리 틀어 그 몸짓과 의상은 꽃구리를 닮아 갈지이니.
이는 다만 또 다음 빙하기를 남몰래 예약해둔 뱀과 사람과의 아름다운 인연을 뜻함일지니라.

그리고 신동엽의 시처럼 징글징글하게 처절한 사람의 역사이기도 하고. 그 모든 것이 될 수 있는 게 바로 시였다.
나는 시를 '읽는' 일에 미쳐갔다. 한데 막상 시를 밝히다 보니 반전이 일어났다. 시비가 사라지는 것이었다. 시는 진실로 거룩했다. 마음이 착해지고 정돈되기 시작했다. 시는 신의 영역에 존재하므로 시비 따위가 통할 리 없음이었다.
시인 황도제에 의하면 시를 쓰는 궁극적 이유는 "1단계가 자기만족이요, 2단계는 자기구원이며, 마지막 3단계가 타인구원"이라 한다. 하지만 그것이 어찌 시에만 해당될까.

선천적인 우울이 있었고 그 위에 햇우울, 그리고 친한 척하던 옛 우울이 있었다. 하여 우울만이 더께로 내려앉은 내면이 얼마나 불투명하고 무거웠는지는 나, 자신만이 안다.

앙리 드 몽테를랑이라는 사람이 이런 말을 했다고 한다.

나는 나 자신만을 관찰할 때면 불안해진다. 남과 나를 비교할 때는 안심이 된다.

나도 그랬다. 나보다 잘났거나 혹은 나보다 못하거나, 적어도 나 같은 것을 가리는 데 몰두했다. 하지만 안심은 아니었다. 시비 걸며 나보다 나은 이들을 끌어내리려 애썼으니까. 미안하고 불안했다. 하지만 시비를 걷어내고 스스로에게 집중하게 되면서 나는 편안해졌고, 더이상 내가 밉지도 않았다. 더불어 문자 배열 작업까지 수월해졌으니 자기만족의 1단계가 마무리된 것이다.

이제는 나를 용서하고 싶다. 두루두루, 너그러이. 그러니 지금의 나는 나를 구원하기 위해 글을 쓰는 셈이다.

□ 사족
그렇다면 다음은 타인구원일까? 아니, 나는 소설이 누군가를 구원할 수 있다고는 생각하지 않는다.

어두운 유리에 비치는 불투명한 내 모습
은 무엇과 무엇의 타협일까? 혹은 어떠
함과 어떠함의 접점일까? 도대체 나는
어떻게 생겨 먹은 나무일까?

지하철의
사이비 철학자

가끔씩 난 확신할 수가 없다. 누가 미치고 누가 정상인지 알게 뭐
란 말인가. 어느 누구도 완전히 미치거나, 완전히 정상일 수는 없는
거다. 마음의 균형이 제대로 잡히는 것이 쉽지 않으니까. 중요한 것
은 사람이 어떻게 행동하느냐가 아니라, 대다수의 사람들이 그의
행동을 어떻게 생각하느냐다.

예전에 지하철은 모든 면에서 책 읽기에 대단히 적절한 공간이었
다. 물론 앞사람 등짝에 코를 박아야 할 만큼이나, 옆사람 겨드랑이
에 머리가 끼일 만큼 복잡한 경우는 제외다. 하지만 요즘은 아니다.
너무하리만큼 소란스럽고 산만하다. 그렇다고 버스처럼 구경할 거
리도 없는데 멍하니 있기에는 시간이 아깝다, 라고 말한다면 유비
쿼터스 시대에 촌스럽기는, 할지도 모르겠다. 하나 어쩌랴. 난 지하

철에서 책 읽는 것 말고는 달리 할 것이 없으니.

고로 심각하게 대두되는 문제가 바로 책 선택이다. 그래도 마냥 되는 대로 산 것은 아니어서, 간단한 기준도 잡혔고 실천 요령도 생겼다.

첫째, 어렵거나 심하게 진지해서는 안 된다. 십중팔구 졸고야 만다. 내 친구의 경우 신나게 꺼떡거리다가 정신 차려보니 입가에 침 한 줄이 아주 곡선미를 살려 흘러 있었다고 한다. 근데 그걸 또 어떤 아저씨가 빤히 쳐다보고.

둘째, 지나치게 쉽거나 짧아도 곤란하다. 탱글탱글 남아도는 시간이 무서워진다. 그러다 딴 생각에 빠져드는 것도 아서야 할 일. 내릴 역 지나치기 십상이기 때문인데, 혹여 다행스럽게 계시가 떨어진대도 그게 하필 꼭 문 닫히기 직전이어서 꼴이 아주 우습게 되기도 한다.

셋째, 두꺼운 책은 절대 삼가야 한다. 읽고야 말리라는 욕심에다가, 그런 책 붙잡고 있으면 남들이 날 다르게 봐줄지도 모른다는 허영심에 백과사전 급 책 끼고 나갔다가 객사하는 줄 알았던 그날의 기억. 생존과 직결되는 사안이 되겠다.

며칠 전. 거기서 다 벗어나 있겠거니 싶어 택한 책, 『혈통』. 읽는 동안 딱히 내가 주의해야 할 일이 없이 보였다고나 할까. 게다가 저자인 파트릭 모디아노도 처음부터 그렇게 방향을 잡아주었으니.

나는 다큐멘터리 식으로 그리고 아마도 더이상 나의 것이 아닌 삶을 끝내기 위해 마치 조서 혹은 이력서를 작성하듯이 페이지를 써나간다. 이것은 사건과 행위의 단순한 필름에 지나지 않는다. 나는 고백할 것도, 해명할 것도 전혀 없으며, 내관內觀과 자기성찰에 대한 취향도 없다.

란다.

읽다 보니 「마태복음」의 포스가 느껴지면서 예전에 주워들었던 우스개가 떠올랐다.

수업 땡땡이 친 신학생들이 서로에게 묻는다.

- 어디서 나왔어?
- 람 부분에서.
- 참을성이 없구나.
- 나는 요담 나올 때.
- 얼추 버텼네.
- 나는 엘리웃.
- 엘리웃? 거의 다 갔구만. 거기까지 갔는데 좀더 참지 그랬어.

뭔 소리일까?

아브라함과 다윗의 자손 예수 그리스도의 생애라. 아브라함이 이삭을 낳고 이삭은 야곱을 낳고 야곱은 유다와 그의 형제를 낳고 유다는 다말에게서 베레스와 세라를 낳고 베레스는 헤스론을 낳고 헤스론은 람을 낳고 람은 아미나답을 낳고 아미나답은 나손을 낳고 나손은 살몬을 낳고 살몬은 라합에게서 보아스를 낳고 보아스는 룻에게서 오벳을 낳고 오벳은 이새를 낳고 이새는 다윗왕을 낳으니라. 다윗은 ……낳고, ……낳고, ……낳고…….

요담은 다윗이 등장하고 넉 줄 뒤에, 엘리웃은 거의 막바지에 이르러 나온다.

말하자면 『혈통』도 그런 식인데, 그렇다고 그저 죽 따라가기만 한다고 능사는 아니다. 그럼 소설이 아니게? 행간을 살피는 작업이 만만치 않았다. 게다가 '혈통'이라니. 민감하다.

0시와 0시 1분 사이
그 간단한 거리를 건너뛰느라
열두 번이나 우는 뻐꾹새

10여 년 전. 공짜 신문 석 달치에 혜벌쭉해져서는 덤으로 챙겨온 뻐꾸기시계. 한데 나무에서 살아야 할 뻐꾸기가 헐값에 플라스틱에 집 짓고 살더니 목소리가 날로 날카로워지는 것이었다. 이런 짠한 것. 좋다, 나가 살아라, 보낸 곳은 재활용 센터. 아, 늙은 혈통.

나는 혈통 있는 척하는 한 마리의 개다. 내 어머니와 아버지는 어

김선현, 「밤 안편도에서」(부분)

「혈통」, 「구이구이 군대기」

떤 뚜렷한 계층에 속하지 않는다. 너무나 파란만장하고 불확실해서 마치 반쯤 지워진 글자들로 신분증명서나 행정서식을 채우려 애쓰는 것처럼, 나는 이 흐르는 모래 속에서 몇 가지 흔적이나 몇 가지 표지를 찾으려 노력해야 한다.

한동안 혈통에 집착했던 적이 있었다. 순전히 전주 이씨를 친구로 둔 덕이었는데, 그 기억에 의존해 얼마 전에 인물 하나를 창조했더랬다.

내가 보기에 치근, 그는 타인의 시선을 유난히 밝히는 사람이었다. 논다니, 백수건달 주제에 그래도 세워야 할 면은 있는지, 그래도 다른 사람의 눈앞에서만은 난동도 행패도 삼가려고 용을 쓰곤 했다. 나는 그 내력이 궁금했다. 관고려조 금자광록대부 예부상서 官高麗朝 金紫光祿大夫 禮部尙書 무슨무슨 부원군府院君을 시조로 모신 거룩한 핏줄이라서? 사헌부 감찰을 지냈다는 6대조 할아버지의 기개를 내려 받아서? 그 험한 시기에 여든하나를 채우고 돌아가셨다는 5대조 할아버지의 끈기를 탁해서? 아님, 스물여섯에 요절한 고조부의 여한이 유산이어서? 그 꿍꿍이가 무언지는 몰라도 그가 타인의 시선에 예민하다는 것만큼은 확실했다. 아버지가 갱지에 볼펜으로 꾹꾹 눌러 적어놓은 임시 족보에서 그의 이름을 보지는 못했지만, 어쨌든 아버지더러 작은아버지라 부르지 않는가 말이다.

혈통의 기본(하늘이 총명함을 아껴서 한 사람에게 아름다움이 다 돌아가도록 하지 않는다는 것을 알겠다―정약용)과, 혈통의 속성(아래와 위는 정해진 위치가 없고, 높고 낮은 것은 정해진 명칭이 없습니다. 아래가 있으면 반드시 위가 있는 법인데, 낮은 곳이 없다면 어찌 높은 곳이 있겠습니까? 누구나 아래에서부터 올라가는 법이지만 높은 데 올라가면 스스로 낮다고 생각한답니다. 결국 높다는 것은 낮은 것이 쌓여서 된 것이므로 아래는 위의 한 단계가 되는 것입니다. 늘 높은 것을 추구하면 그 높은 위치도 낮게 보이게 쉽고, 올라가기를 좋아하는 자는 아무리 올라가도 낮아 보입니다―강희맹)을 고래고래 나타내는 글. 결국엔 내다 버리고야 말았지만 말이다.

철그덩 철그덩 우아하게 흔들려 가는 동안, 내가 가진 DNA의 내력을 곰곰이 따져보았다. 뭣 때문에 베었는지도 모를 상처가 세 군데나 있는 손이 갑자기 우스워지면서였다. 분리독립이란 있을 수 없는 세습의 세계에서 발전과 퇴화는 법칙에 의한 것일까, 순전한 우연에 의한 것일까? 어두운 유리에 비치는 불투명한 내 모습은 무엇과 무엇의 타협일까? 혹은 어떠함과 어떠함의 접점일까? 도대체 나는 어떻게 생겨 먹은 나무일까?

첫 바람에 넘어질 준비가 되어 있는 낙관적인 나무들이 있었다. 척박한 땅에서 힘겹게 자라는 데 익숙한 근엄한 나무들도 있었다. 죽은 자의 왕국인 땅속 깊이까지 뿌리를 내린 견고한 성처럼 흔들리지 않는 나무도 있었다. 기름진 땅의 산물인 풍성한 나무는 초록빛으로 넘쳐났고 그 풍요한 모피를 펼쳤다. 이 세상에서 아주 드물지만, 날씬한 몸매에 항상 꼭대기가 하늘을 향해 있는 몽상가 같은 나무도 있었다. 오래된 의혹으로 둥글게 감고 있는 옹이가 많은 나무, 뒤틀린 나무, 위태로운 나무가 있었다. 알파벳 소문자 i 처럼 곧고 조금은 건방지고 묘하게 거만한 귀족적인 나무도 있었다. 나뭇가지로 아낌없이 그늘을 만들어주는 너그러운 나무도 있었다. 쉬지 않고 땅을 붙들어놓고 일하느라 바쁜, 줄지어 선 옹색한 나무도 있었다.

지하철은 너무 오래 타면 안 된다. 쓸데없는 생각이 많아지기 때문이다.

그럼에도 내겐 지금도 현재진행형으로

경외하는 작가가 있으며, 이름만 가지고

도 환장하고야 마는 화가와 음악가가 있

다. 그 모든 경우에, 나는 언제나 그들이

틀리지 않기를 바랐을 뿐이다.

꼬리
아홉 개

『림 통정』, 「사랑받는 사람들의 97가지 공통점」 사이토 시게타,

　자기에게 엄격한 사람은 다른 사람도 역시 엄격하게 대하는 경향이 있다. 그는 자기 능력과 타협하면서 '인생이란 뭐 이런 거 아니겠어?' 하고 여유를 갖고 어깨에 힘을 빼고 살아가는 사람들을 보면 아주 한심한 인간이라고 생각한다. 사회규범이나 도덕과 거리가 먼 사람도 비위에 거슬린다. 주위 사람에게도 자신의 엄격한 관점을 적용하기 때문에 그냥 두고 볼 수가 없다. 이래서는 주위 사람들이 마음 놓고 숨을 쉴 수가 없으리라.

　본디 자기에게 엄격한 사람이란 그곳에 있다는 사실만으로도 다른 사람으로 하여금 긴장을 느끼게 만들기 마련이다. 그는 목표물을 공격하듯 주위 사람들에게도 자신의 엄격한 관점을 적용하여 차츰차츰 모두를 긴장시키는 것이다. 그와 가까운 사람들일수록 감시의 눈이 늘 곁에 있는 듯이 느껴져서 숨이 막힌다. 그 자신도 꽤나

무리하면서 살고 있지만 주위 사람에게도 무리한 긴장감을 강요하는 것이다.

하지만,

완벽주의에는 항상 허점이 있다. 사람은 아무리 완벽을 추구해도 완벽할 수 있는 존재가 아니다. 완벽주의자는 불평불만만 가득한 투덜이가 되기 쉽다. 할 수 없기 때문에 마음속에서는 불만이 생겨나고 푸념을 늘어놓게 되어 불만에 가득 찬 사람이 되는 것이다.

쯧쯧, 어쩌랴! 그럼에도 불구하고 완벽하고 싶은 것을. 불가능하다는 것을 알면서도 말이다. 그래서 종종 짜증을 내고 또 노여워한다. 그러곤 결국 자학에 이른다. 한데 자학이란 상태가 '자기 자신을 과대평가한 대가'라는 말을 주워들은 적이 있으니, 난감이다. 나의 무의식 속에 그러한 교만이 있는 거라면, 정말 그렇다면, 그건 참 몹쓸 일이다. 하지만 내가 의식하는 나의 자학은 결핍에서 온다.

나는 머리가 나쁜 편에 속한다. 기억력이나 암기력 같은 1차원의 문제를 시을러 이해력, 분석력 그리고 통찰력에 이르기까지 전체적으로 그러하다. 그로 인한 자격지심이 깊다. 그나마 다행인 것은 글은 지능으로 쓰는 것이 아니라는 점이랄까. 그렇다 해도 머리가 나쁘면 불편하다. 또한 그 사실은 사람들과 관계를 맺을 때, 이루 말할 수 없는 약점으로 작용하기도 한다.

그래서 화수분이 하나 있으면 어떨까, 아주 드물게 상상할 때가 있다. '아주 드물게'라는 표현을 쓴 것은 그럴 리가 없다고 정의 내린 것들이 너무도 많은 재미없는 나이지만, 그래도 배시시 웃어보려고 날개 없이 하늘을 날고, 아가미 없이도 바다 속에서 숨을 쉬는 무한상상을 간혹 하기 때문이다.

'그 단지가 생긴다면 귀하게 모셔놓고 몇 날에 한 번씩 반나절 동안 내 머리통 집어넣고 있겠다.' 그랬더니 '결국엔 머리통만 여럿 굴러 나오더라' 하는 엽기공포를 말하고자 함은 아니다. 그저 그러고 있는 동안 머릿속에 새로운 아이디어, 얘깃거리, 까먹은 숫자, 입안에서 맴돌기만 하던 단어, 그런 것들이 다시 채워지기를 간절히 바랄 따름이다. 그것이 바로 나다.

출처 : 『달의 뒤편』

어머님은 혼자가 아니었다. 얼굴도 정신도 심지어 영혼도 여럿이었다. 꼬리 아홉 달린 구미호가 이 꼬리는 진짜, 저 꼬리는 가짜, 하지 않듯이 그 모두가 어머님이었다. 개별적으로 성장해온 감성들이 서로를 이해하기 위해, 아니 스스로를 설득시키기 위해 글로 떠들고 있었다.

투실투실한 내 꼬리 중의 하나라는 거다. 그리고 통제 불가능한 감수성, 신경질적인 예민함, 비겁한 소심함, 열등한 피해의식 등등의 성질들이 또 다른 꼬리가 되어 척추 끄트머리에서 논다. 하나, 나만 그런 것은 아닌가 보다.

　늙고 병든 아버지의 책장은 낡은 책들로 가득했다. 텁텁한 질감의, 누렇게 바랜 종이들에 이해할 수 없는 단어들과 해독이 불가능한 문자들이 가득했다. 나는 그 세계가 언제나 막연하고 두려우면서도 욕심이 났다. 하지만 아무것도 얻어내지 못했다. 그것이 문학을 향한 첫걸음이자 첫 좌절이었다.

　그리고 두발자유화의 첫차와 교복타율화의 막차를 탄 중학교 시절, 처음으로 시에 눈을 떴다. 1941년에 발간된 서정주의 『화사집』에 실린 「귀촉도」와, 학교 방송에서 들었던 모윤숙의 「국군은 죽어서 말한다」를 통해서였다. 교과서에서 익히 들어온 이름이었지만 내 정서의 영역에서 멀리 있던 그들이었기에, 갑자기 친근한 척하면서 피부를 침투해 들어오는 시의 힘에 나는 어쩔 줄 몰랐다. 문학을 향한 두 번째 걸음이자 첫 발전이었다.

　하지만 훌쩍 크고 나서 알게 된 그네들의 친일 행적으로 나는 적잖이 마음에 상처를 받았다. 충격은 힘이 셌고, 나는 문학이 힘들었다. 그렇다고 해도 그들로 인해 내게 일어났던 공명까지 아무것도 아닌 것으로 할 수는 없었다. 아무리 귀여운 캐릭터를 달고 있어도 압정의 뒤는 뾰족하다. 그것이 세상의 이면이라고 나는 이해했고, 일제시대에 젊은 날을 보내지 않아도 된 내 삶을 다행스러워했다.

우리나라 역사 속에도 그 예는 허다하다. 수원화성을 내려다보며 공부한 고등학교 3년을 기리는 의미에서 기왕이면 그쪽에서 찾아보았다.

『북학의北學議』는 정조시대 북학파의 선구적 학자였던 박제가의 저서로, 당시 사회적 위기에 직면한 18세기 후반의 조선을 개혁하고자 하는 의도에서 쓴 글이다. 하면 북학파는 무엇인가. 백성의 생활에 직결된 학문인 북학에 뜻을 모은 자들로 이용후생利用厚生을 통한 백성들의 생활안정, 특히 상공업의 중흥을 강조했다. 당시는 사농공상으로 서열화된 사회였기에 그들의 주장은 분명 혁명적이었다. 박제가가 바로 그 북학파의 핵심이었다. 서자였음에도 정조로부터 왕안석에 비유될 정도로 신임을 받았으며 박지원, 홍대용, 이덕무 등과 함께 활약했다. 하지만 그는 중국을 지나치게 선망했을뿐더러 나아가 조선을 부정하기까지 한 인물이었다.

신병주, 『규장각에서 찾은 조선의 명품들』

박제가는 북학에 대한 확신범처럼 일생을 살았다. 중국의 선진문화를 동경하면서 이를 수용하지 않으면 '보잘것없는' 조선은 아무것도 기대할 수 없다는 논리가 『북학의』 곳곳에 나타나 있다. 박제가는 시대를 앞서가는 선각자적인 혜안을 가지고 있었지만, 조선의 문물, 제도에 대해서는 부정으로 일관했다. 변화와 발전을 확실히 하기 위해서는 조선의 후진성을 극단적으로 부각시켜야 했던 것일까? 자질, 능력과 함께 주체성, 책임감을 겸비해야 참다운 지성이 아닌가 싶다.

하면, 외국은?

〈결혼행진곡〉으로 잘 알려진 바그너의 음악은 이스라엘에서는 들을 수 없다. 그가 극렬한 반유대주의자였기 때문이다. 심지어는 유대문화 자체를 박멸해야 한다고 주장하기도 했다니, 심했다. 그래서이겠지만 바그너의 곡들은 그를 열렬히 추종한 히틀러에 의해 나치의 공식적인 음악이 되었다. 지금도 그는 많은 사람들에게 친親나치적인 인물로 알려져 있다. 하지만 실제로 바그너는 히틀러가 태어나기도 전에 죽은 인물이기 때문에, 엄밀히 따지면 친나치라는 평가는 어불성설이다. 그럼에도 그는 유대인들에게 금기가 될 수밖에 없었다.

그런데 다니엘 바렌보임과 주빈 메타와 같은 유명한 지휘자가 이스라엘에서 바그너의 음악을 연주해 위험을 초래한 적이 있었다. 그들도 유대인이었기에 적잖이 고민했을 것이다. 그럼에도 그들은 바그너를 연주했다. 바그너가 자신들의 민족 자체를 부정한 원흉이었음에도 차마 그의 음악까지는 홀대하지 못했던 그네들의 심정을 나는 아주 조금, 알 것 같다.

『지식인의 두 얼굴』이라는 책이 있다. 손맛이 제대로인 669쪽짜리 책이다. 그 표지에 이렇게 쓰여 있다. '위대한 명성 뒤에 가려진 지식인의 이중성'이라고. 다루어진 인물들의 면면도 무척 화려하다. 한데 그 앞에 붙는 수식어가 꽤 모질다.

- · '위대한 정신병자' 장 자크 루소
- · '냉혹한 사상' 퍼시 비시 셸리
- · '저주받은 혁명가' 카를 마르크스
- · '거짓 유형의 창조자' 헨릭 입센
- · '하느님의 큰형' 레프 톨스토이
- · '위선과 허위의 바다' 어니스트 헤밍웨이
- · '이념의 꼭두각시' 베르톨트 브레히트
- · '시시한 논쟁' 버트런드 러셀
- · '행동하지 않는 지성' 장 폴 사르트르
- · '구원받은 변절자' 에드먼드 윌슨
- · '고뇌하는 양심' 빅터 골란츠
- · '뻔뻔한 거짓말' 릴리언 헬먼
- · '이성의 몰락' 조지 오웰에서 노엄 촘스키까지

가벼운 예를 몇 가지만 들자면,

· 루소처럼 셸리는 보편적인 인류는 사랑했지만 주변의 개개인에게는 잔인한 경우가 잦았다. 그는 맹렬한 사랑으로 불타올랐지만 그 사랑은 관념적인 불꽃일 뿐이었고, 그 화염에 가까이 다가선 사람들은 시꺼멓게 그을리기 일쑤였다. 인류에게 사상을 제시한 그의

인생은 사상이 얼마나 냉혹해질 수 있는지를 보여주는 증거물이다.

· 그(입센)는 과시적인 행동을 향해서건 도덕률에 위배되는 행동을 향해서건 기분 내키는 대로 분노를 터뜨렸다. 그는 화내는 데는 전문가였다. 그가 터뜨리는 분노는 그 자체가 예술이었다.

· 그(윌슨)는 장기적인 계획을 세우는 데는 능력이 부족했던 듯하다. 그의 저서들은 스스로 진화하면서 생장했다.

· 근본적으로 그녀(메리 매카시)는 사상이 아니라 인간에게 관심이 있었다. 우리가 여기서 사용하는 정의에 따른다면, 그녀는 지식인의 여자에 훨씬 가까웠지, 그녀 자신이 지식인은 아니었다.

등등이 있다. 하지만 그 누구보다도 내 눈에 띄는 인물은 아무래도 톨스토이다. 자신의 영혼이 이루 가늠하지 못할 만큼 위대하다고 느끼고, 그리스도의 영적인 왕국을 지상에서 건설하는 것을 목표로 삼았던 열정적인 사회개혁가. 그러면서 수많은 독자들을 홀린 대문호. 하지만 그는 인내심이나 끈기, 지구력이 없는 인물이었으며 매춘부들의 단골이었다. 게다가 농노나 평민 여자들 등과 혼외 정사로 얻은 자식들의 권리는 끝내 부인한, 매성하고 비정한 아버지였다. 또한 가족 간에도 시기와 앙심, 앙갚음, 속임수, 배반, 야비함 같은 저열한 것들로 늘 분쟁했다. 하물며 그의 역사의식도 문제투성이여서 『전쟁과 평화』에 나타나는 역사관이 순전히 협잡에 불과하다는 평가까지 있는 모양이다. 그러나 나를 포함해 많은 독자들은 그의 소설이 표명하는 역사이론 때문에 읽는 것이 아니라, 그런 역사이론에도 불구하고 읽는다.

글이나 그림, 음악으로 입신한 이들이 정치적인 행보나 사생활에서 드러내는 문제점은 그들의 작품에 영혼까지 휘둘려본 사람에게는 거의 재앙이다. 나도 수많은 실망을 경험했고, 그러면서 받은 상처도 컸다.

그럼에도 내겐 지금도 현재진행형으로 경외하는 작가가 있으며, 이름만 가지고도 환장하고야 마는 화가와 음악가가 있다. 여기서 그들이 지식인의 범주에 드느냐, 아니냐 하는 문제는 중요하지 않다. 굳이 분야를 달리해도 마찬가지다. 백기완과 앨빈 토플러에 열광했던 청년 시절이 있었고, 얼마 전에는 검은 복면을 뒤집어쓴 사파티스타 국민해방군 지도자의 발언을 지지하기도 했으니 말이다. 그 모든 경우에, 나는 언제나 그들이 틀리지 않기를 바랐을 뿐이다.

나 같은 이들을 위해서일까, 『지식인의 두 얼굴』의 저자는 이렇게 경고한다.

지식인들을 사례별로 연구할 때 뚜렷이 나타나는 특징 하나는 그들이 진실에 거의 관심을 보이지 않는다는 것이다. 그들은 자신들이 인류를 위해 수행해야 하는 사명이라고 생각하는 "진실"을 증진

시키고 초월하기를 원하지만, 자신들의 주장에 걸림돌이 되는 객관적 사실로 나타나는 평범하고 일상적 진실은 참지 못한다.

자신들이 대가로 인정받는 전문 분야에서 다른 사람들보다 나을 것이 없는 공공의 영역으로 이동하는 데 아무런 논리적 모순도 느끼지 못하는 것은 지식인들의 전형적인 특징이었다.

인류의 운명을 발전시키겠다는 계획 아래 무고한 수백만 명의 목숨을 희생시키는 것을 목격한 우리의 비극적인 20세기가 남긴 중요한 교훈은 지식인들을 조심하라는 것이다.

나라가 안팎으로 뜨겁다. 아니, 절절 끓는다. 나는 어떤 가치관과 생각으로 이 뜨거운 세상을 견뎌야 하는 것인지, 고민이 많다.

◻ 사족

말이 나와서 하는 말인데, 멕시코 사파티스타 반란군 부사령관 마르코스의 글 중에 이런 부분이 있다.

정부 측 협상자들은 마치 '너희들 모두는 존재해서는 안 돼. 이 모든 것은 현대사의 불행한 실수야'라고 말하듯이 "반란의 원인을 해소하자"고 말합니다. '문제를 해결하자'는 말은 '우리가 너희를 모두 없앨 거야'라는 말을 고상하게 표현한 말입니다.

'문제를 해결하는 방법'으로, '문제를 해결하는 방법 같은 건 말

마르코스, "우리의 말이 우리의 무기입니다"

하지도 쓰지도 말라' 를 취한 위정자들에게 나라를 맡길 수밖에 없는 기가 막히는 현실에서 참으로 와 닿는 문장이다.

마음속을 두리번거리는 일은 혼자서 텅
빈 박물관, 그것도 분류가 되지 않은 전
시물로 꽉 메워진 박물관을 배회하는 것
과 같았다.

세상은
늘 의외다

세상은 늘 의외의 것들로 북적인다.

나이 마흔에, 이미 5남매를 둔 한 여인이 있었다. 한데 그녀, 언젠가부터 속이 좋질 않았다. 혹시 병일까? 별의별 처방을 다 해보았다. 하지만 그건 새 생명의 기척이었다. '나 여기 있어요!' 하는. 그녀, 알 거 다 알 나이인 큰아들에게 민망했고, 낳아야 하나 말아야 하나 고민스러웠다. 하지만 결국 아기는 고집스럽게 버텨냈고, 온전한 몸으로 세상을 움켜쥘 수 있었다.

척박했을 게 분명한 그곳에서 운 좋게도 살아남은 그 새 생명이 바로 나다. 그래서 나는 '뜻밖에'나 '의외로' 같은 단어가 좋다. 때때로 친밀감마저 느끼곤 한다. 그럴 것 같은 것이 안 그럴 때, 그런 줄 알았는데 아닐 때, 재미있다.

책을 읽을 때 세 가지 방법이 있다.

먼저, 읽어 '치우기' 와 읽어 '버리기.'

길이가 길면 긴 대로, 짧으면 짧은 대로 서둘러서 읽는다. 다만 끝을 보려는 것이다. 그것이 목적이다. 하지만 그렇게 읽은 책은 '읽기만 한 책' 으로 허무함이 '막대하게' 남겨진다.

다음이 읽어 '두기.'

언젠가는 써먹고 아는 체하기 위한, 일종의 저축 개념의 책 읽기. 허영심에, 혹은 보상을 바라고 읽는다고 할 수 있다. 그리고 옵션으로 얼마간 죄의식이 따라 붙는다. 내 삶에 어떤 영향을 미칠 만큼은 아니지만, 어쩐지 미안한 감이 없잖아 있는, 딱 그만큼의 죄의식 말이다.

마지막으로 읽어 '내기.'

과정이다, 해내는 과정. 착실하게 공을 들이고, 시간도 아끼지 않고 투자한다. 보약을 먹을 때, 약을 짓고 달이는 이와 더불어 먹는 이의 정성도 따지듯이 성심으로 읽는다. 영향을 받고, 변화가 나타난다.

하지만 여기에도 의외는 존재한다. 읽어 '버리기' 로 시작했다가 읽어 '내기' 로 마무리되기도 하고, 거꾸로 읽어 '두기' 로 맘을 먹었는데 읽어 '치우기' 로 끝이 나기도 한다. 물론 이 방법들은 순전히 내 개인적인 경험에서 우러났을 뿐이어서 보편성 같은 것은 없다. 어쨌든.

그런 의미에서 아주 오래전에 내가 읽은 존 스타인벡은 읽어 '내기'에 속했다. 물론 처음엔 읽어 '두기'를 염두에 두고 접근했다. 세계문학 섭렵이라는 발칙한 명분이 있었다.

제일 처음은 『분노의 포도』였다. 대입 학력고사가 끝나고 언니 집에서 두문불출하던 때로 기억한다. 1930년대 당시의 이주노동자와 빈민의 삶이 사실적으로 적나라하게 풀어져 있다. (스타인벡은 1902년에 태어나 1968년에 죽은, 그러니까 내가 태어나기도 전의 사람이다.) 읽는 동안, 그리고 읽고 나서 무척 심란했다. 도저히 읽어 '두기'만 하는 것으로는 그를, 그의 책을 감당할 수 없었다. 점점 더 몰두했고, 나를 이입했다.

책의 마지막 장면은 지금까지도 생생하다. 아기를 사산한 로저샨이 목화농장에서 병을 얻어 굶어죽게 생긴 한 사내를 살리기 위해 젖을 물리던 모습이었다.

그 『분노의 포도』를 발설한 적이 있었다. 나는 밖에서 책 이야기를 잘 하지 않는 편이었으므로 그 또한 뜻밖이었다.

대학 새내기 시절이었다. 내가 과에서 단 한 번의 망설임도 없이 택한 모임은 과지 편집부였다. 활자에 대한 집착이었을 것이다. 하지만 친구 따라 강남 간다는 심정으로 얼떨결에 들어간 모임이 하나 더 있었으니, 역사학회였다. 의식 있는, 바람직한 청년으로 거듭나기 위한 과정이었다고나 할까?

첫 모임의 주제가 황석영의 『객지』였던 것으로 기억한다. 토론

중간 즈음에 읽은 지 얼마 되지 않은 『분노의 포도』를 자연스럽게 언급했다는 것도. 아마도 시공을 초월한 노동자의 열악한 현실, 어쩌고저쩌고 꽤 진지했을 것이다.

 사실, 나의 대학 1학년과 2학년은 공포의 시기였다. 중무장한 채 사열해 있는 전경들의 앞을 지나면서는 심리적인 공포를, 일주일이 멀다 하고 날아드는 최루가스에 매운 눈물을 흘리면서는 육체적인 공포를 느껴야 했다. 그런 의미에서 『분노의 포도』의 존 스타인벡은 조금 과장을 보태 깔깔하고 팍팍했던 그 대학 초년의 첫 단추였다고도 할 수 있겠다.

 그런데 그의 또 다른 책이 나타났다. 『통조림공장 골목』과 『달콤한 목요일』. 한데 두 책을 연달아 읽는 동안, 도돌이표로 내 두개골 속을 부산히 움직인 한 문장이 있었다. '존 스타인벡이 이렇게 재미있는 작가였었나?'
 사실 존 스타인벡, 하면 여태껏 내겐 『분노의 포도』와 『에덴의 동쪽』, 그리고 『불만의 겨울』 그 세 가지가 다였다. 그나마 『에덴의 동쪽』은 영화 이미지가 지나치게 강한 탓에 지금은 활자에서 느꼈던 감정을 기억해낼 수조차 없다. 하면 남는 것은 『분노의 포도』와 『불만의 겨울』인데, 아무래도 『분노의 포도』가 준 충격이 가장 힘이 셌다. 하니 내가 시종일관 유쾌한—유쾌함과 가벼움은 같은 말이 아니다—『통조림공장 골목』과 『달콤한 목요일』을 두고 얼마나 놀랐는지는 나 자신만이 안다.

　세상의 모든 진지함과 엄숙함은 죄다 짊어지고 있는 것 같은 그에게서 카리스마 대신 그런 유머라니. 그러니 열 길 물속은 알아도 한 길 사람 속은 모른다는 옛말은 만고의 진리인 셈이다. 고작 종군 기자를 지냈다는 이력과 책 두세 권만 접하고 그를 다 아는 것처럼 행세했으니, 나의 착각은 참으로 뻔뻔하기도 하다.

　책은 한 사내의 식료품점을 묘사하는 데서 출발한다. 『통조림공장 골목』과 『달콤한 목요일』 중 어떤 책이냐는 문제는 중요하지도 않고 상관도 없다. 두 책은 한 권으로 읽힌다.

　리청의 식료품점은 깔끔함에서 모범을 보인달 수는 없지만, 구색 면에서는 기적을 보여주었다. 작고 혼잡한 가게였지만, 그 하나밖에 없는 매장에서 옷이며, 신선한 것이든 통조림에 담긴 것이든 이런저런 식품이든, 술, 담배, 낚시 장비, 기계, 배, 음식, 밧줄, 모자, 돼지고기 토막 등 사는 데, 또 행복해지는 데 필요하거나 아쉬운 모든 것을 찾을 수 있었다.

　왜 있잖은가.

　학교 앞 문구점은 조그만 가게, 가게는 조그매도 물건은 많아
　간판에 간판엔 커다란 글씨, 문방구 일체 세계문구점

하는 동요.

몇 평 안 되는 공간 속에 들어찬 우주를 경험한 것은 그나 나나 매한가지인데, 지성과 글발의 수준 차이라니. 슬프다.

언제나처럼 그의 이야기 안에는 질투심이 날 정도로 매력적인 인물들 천지다.

먼저 리청.

리청은 주인공은 아니다. 그런데도 책의 처음에 나온다. 이를 테면 공연에서 배우들이 등장하기 전에 배경—그것은 커다란 그림일 수도 있고, 아주 사소한 소품일 수도 있으며, 정교한 무대장치일 수도 있다—이 먼저 자리를 잡듯이 말이다. '바탕' 이랄까.

리청은 장사꾼이다. 그것도 아주 완벽한 장사꾼. 자신과 자신의 것을 지키는 데는 누구보다 영악하고 교활하며, 손해 볼 일은 절대 하지 않는다. 하지만 수전노守錢奴나 매국노賣國奴처럼 '놈 노奴' 자가 붙을 만큼 극단으로 달려가지는 않는다. 또한 선善을 포기한 것도 아니어서 누군가를 믿어야 할 땐 끝까지 믿어줄 줄도 알며, 그 누군가를 위해 잊어줄 수 있는 건 기꺼이 잊어줄 줄도 안다. 무엇보다 노자老子의 영향력하에 있다. 노자가 누군가. 도道와 덕德의 학파, 도가道家의 창시자다. 도가는 또 무언기. 무욕, 허무, 사연, 이런 단어들이 우대받는 동네가 바로 거기다. 장사꾼이 품기에는 모순으로 버거울 것이 확실한, 그래서 의아한. 하지만 리청은 대립하는

'장사'와 '무위의 철학' 사이에서 균형을 잃지 않는다.

존 스타인벡은 이렇게 상당히 복잡한 정체성의 리청을 총 백쉰 개의 문자를 조합해 최대치로 표현했다.

리청은 중국인 식료품상 이상의 존재이다. 틀림없다. 어쩌면 그는 악하게 균형이 잡힌 사람이며 선에 의해 허공에 매달린 상태를 유지하는지도 모른다. 노자老子의 인력 때문에 궤도를 벗어나지 못하지만, 주판과 금전등록기의 원심력 때문에 노자로부터 거리를 두는 아시아의 행성인 셈이었다. 리청은 그렇게 허공에 매달린 상태에서 자전을 하며 식료품과 유령들 사이를 공전한다.

한 문단이 가진 묘사의 힘이라니. 행여 리청이 저 상태로 이야기 속에서 사라져버렸다 해도 나는 그를 잊을 수 없었을 것이다.

그리고 닥과 헤이즐.

둘은 성격, 지능, 외모 모든 면에서 대척점에 있다. 우성과 열성으로 갈린다기보다는 개성의 차이랄까. 그런 두 사람을 한데로 불러 모은 건 '질문'에 대한 공통분모다.

닥에게는 누가 어떤 질문을 하면 답을 알고 싶어서 물어본다고 생각하고, 알고 싶지 않으면 절대 묻지 않으며, 따라서 알고 싶지 않으면서 물어보는 뇌를 떠올릴 수 없는, 정신적인 습관이 있다. 대답이, 그것도 성실한 대답이 의무사항이라는 건데, 이거 상당히 부담이다. 그리고 헤이즐은 질문 받는 것 자체를 싫어한다. 왜냐하면 질문을 받으면 답을 찾아 자신의 마음속을 두리번거려야 하는데, 마음속을 두리번거리는 일은 혼자서 텅 빈 박물관, 그것도 분류가 되지 않은 전시물로 꽉 메워진 박물관을 배회하는 것과 같았다는 정서적 경험 탓이다. 질문은 성가신 두려움이라는 데서 두 사람의 맥은 닿아 있다.

　물론 어느 관계든 객관적으로 치이는 쪽은 있게 마련이라 헤이즐도 닥의 지성과 심성을 우러른다. 하지만 관계가 지속되면서 덕을 보는 쪽은 오히려 우러름을 받는 닥이다.

　닥은 오래전에 이렇게 얘기한 적이 있다. "헤이즐, 난 너와 같이 앉아 있는 게 좋아. 넌 우물이거든, 진정한 우물 말이야. 심각한 비밀이라도 네게는 안심하고 털어놓을 수 있어. 넌 듣지도 않고 기억하지도 않으니까. 혹시 그런다고 해도 역시 별 차이는 없지. 넌 신경을 쓰지 않거든. 아니, 넌 우물보다 나아. 상대의 말에 귀를 기울이니까. 그러면서도 듣지는 않지. 넌 벌을 내리지 않는 신부님이자 진단하지 않는 분석가야."

　어떤 말이든 할 수 있는 존재는 세상에 없다. 하물며 신에게도 해야 할 말이 있고 말아야 할 말이 있다. 그러므로 어떤 것도 잊지는 않지만, 단지 귀찮다는 이유로 한 번도 기억을 정리한 적이 없어서, 그 어느 말에도 반응할 수 없는 헤이즐은 행운, 아니 그 이상의 축복이 되는 것이다.

『통조림공장 골목』을 먼저 읽어야 한다. 그러고 나서 『달콤한 목요일』. 그래야 맞다.
두 책을 통해 내가 얻은 것은 의외의 것들에게 당하지 않으려면 독자로서 늘 겸손해야 한다는 복습이었다.

책에서 내가 건진 최고의 문장은 이것이었다.

"그럴 여유만 있다면 속는 사람이 되는 것도 재미있는 일이다." 닥은 이를 기억했고, 역시 그런 여유를 지니고 있었다. 그에게는 영리해지고 싶어하는 인간의 허영심이 없었던 것이다.

그리고 유쾌한 중에도 슬픈 구석이 있었다.
『통조림공장 골목』에서 가장 슬픈 부분은 이 부분이었고,

나한테는 늘 이상해 보였어. 우리가 존경하는 미덕들, 즉 친절이나 관용, 개방성, 정직성, 이해와 공감 같은 것들은 사실 우리 사회에서는 실패에 따르는 것들이야. 우리가 혐오하는 특징들, 탐욕, 집착, 비열, 자기중심, 이기주의가 성공의 특징들이지. 그런데 사람들은 앞의 자질을 존중하면서도 뒤의 결과물을 사랑한단 말이야.

『달콤한 목요일』에서는 여기였다.

친구들의 기도에도 불구하고, 자신의 지식에도 불구하고 닥은 자기도 모르는 사이에 서서히 변해갔다. 그러지 않을 이유가 있겠는가? 사람은 변하기 마련이다. 새벽에 커튼을 부스럭거리는 작은 바람처럼, 풀밭 속에 숨은 야생화의 비밀스런 향기처럼, 변화는 그렇게 찾아온다. 변화는 작은 통증을 통해 자신을 예고하기도 해서 사람들은 그저 감기에 걸렸다고만 생각하고 만다.

□ 사족

여기까지 다 오고 보니 무언가가 다르다. 인용문에 대한 출처가 없다는 사실. 부러 달지 않았다. 본문에서 이미 이야기했듯이 『통조림공장 골목』과 『달콤한 목요일』은 한 묶음이다. 한번 찾아보시라. 각각의 문장들이 어디 소속인지. 1+1(원 플러스 원)의 기쁨은 동네 마트에만 있는 것이 아니다.

지나치게 만져대서 진물이 나게 생긴,

사람과 사람의 사이를 쑤실 때면, '관계'

가 단순하던 그 시간이 그리워진다.

사람과
사람 사이

　　난 마약은 딱 질색이다. 마약을 맞는 녀석들은 모두 행복의 단골
손님이 된다. 마약은 한번 맞았다 하면 끝내주니까 행복이란 결핍
상태에서만 알 수 있는 것이다. 오죽이나 행복해지고 싶어 안달을
했으면 마약주사를 맞았겠냐만 그따위 생각을 하는 새끼들은 바보
중에도 바보다. 난 한 번도 그 주사를 맞은 적이 없다. 친구들하고
의 상하지 않으려고 대마초는 한두 번 피워 보았지만 그러나 열 살
때에는 그래도 어른들한테 이거저것 배우는 나이다. 그렇지만 나는
그다지 행복하고자 안달하지 않았다. 그래도 삶 쪽을 더 좋아했었
다. 행복이란 더럽고 횡포한 것이니 그놈에게 사는 방법을 가르쳐
주어야 할 것이다. 나와 행복과는 연대가 안 맞는다. 눈 하나 깜짝
할 게 없다. 누구한테고 이익이 있다는 덩치에 상관한 적은 없지만
행복을 찾는답시고 병신이 되는 녀석들을 막아낼 법률은 있어야 할

69

것 같다. 나는 그저 생각나는 대로 말하는 것이니까 내 말이 틀릴 수도 있겠지만 하여튼 난 행복해지려고 주사나 꽂는 것은 아예 할 생각이 없다. 제기랄, 더이상 행복에 대해서 이야기하지 않겠다. 그러다가 또 발작나면 탈이니까.

행복. 한 문단 안에 '행복'이란 단어가 무려 아홉 번이나 나온다. 그러니까 '행복하고자 안달하지 않았다'는 말은 반어법인 셈이다. 무언가를 간절히 생각하지 않았다면, 그게 그리 여러 번 소리로 나올 수는 없는 것이니 말이다.

그럼 사전에서는 행복을 무어라고 설명할까. 이희승 편저, 『국어대사전』은 이렇게 정의내리고 있다.
① 복된 좋은 운수. 행우幸祐. 복보福報. 복상福祥.
②[심] 심신心身의 욕구가 충족되어 조금도 부족감이 없는 상태.

조금도 부족감이 없는 상태라. 그럼 나는 불행한 걸까. 칼럼의 마감일이 다가올 적마다 내가 턱없이 부족하다는 생각 때문에 맘을 앓으니 하는 소리다.
처음 칼럼을 의뢰받았을 때 무척 겁을 먹었었다. 왠지 나대는 기분이 들었달까. '저는 이세 고작 장편소설 하나 냈을 뿐인 설요.' 겸손하게 찌그러지고 싶었다. 하지만 지식이나 교훈이 아닌, 책 읽기가 내 글쓰기에 미친 영향을 편하게 떠들어주면 된다는 말에 홀랑 넘어가버렸다. 그럼에도 나는 지금까지의 은둔형 생활에 맞지 않는 현재의 갈지자 행보가 심히 거북살스럽고 버겁다.

　아닌 게 아니라 나는 지금까지 읽어온 모든 책들로부터, 엄밀히 말하자면 책 속에 등장하는 무수한 인물들로부터 끊임없이 영향을 받아왔다. 세상의 있음직한 오만 가지 인생사가 죄다 그 안에 있었다. '관계'의 총망라였다.

　그 숱한 관계들 중 가장 빈번히 다루어지는 것이 가족이었다. 초등학교 때 사회시간에 배운 대로, '관계' 중 가장 기본 단위가 아무래도 가족이기 때문일 것이다. 애초부터 혈연이거나 혼인으로 맺어지는 집단, 가족.

　그중에서 우리가 가족을 말할 때 종종 꺼내드는 단어가 바로 혈연, '핏줄'이다. 핏줄. 참으로 불완전한 단어다. 왜냐하면 가족은 끊임없는 수혈로 인해 재구성되고 있으니 말이다. 말이야 바른 말이지, 나는 내 남편과 피가 섞이지 않았음에도 분명하게 가족 관계에 있다. '하나님이 맺어주신 것을 사람이 나누지 못할지니라'던 주례 말씀을 잊지 않고 있다. 그것은 이제부터 '가족'이라는 축복이었고, '가족'으로서 끝까지 지켜야 할 임무에 대한 공개적인 명령이었다. 그러니 핏줄은 구성요소 중 일부일 뿐이다. 이런 뻔한 말이라니. 한데 혼인 말고도 아주 중요한 또 다른 구성 조건이 있다. 바로 입양이다.

사실, 말할 수 없이 빡빡하기만 했을 것 같은 조선시대에도 입양은 있었다. 호주상속을 위한 양자와 단지 자녀를 들이기 위한 양자가 그것이다. 우리가 잘 아는 명성황후, 그녀의 가문에서 이루어진 입양을 통해, 대를 잇기 위해 양자를 들임으로 복잡해진 족보를 살펴보자.

명성황후는 민치록閔致祿의 딸로 형제들이 모두 요절하는 바람에 무남독녀로 자랐다. 민치록은 여양부원군 민유중閔維重의 5대 장손이다. 민유중은 비운의 숙종비 인현왕후의 아버지로 아들을 셋 두었는데 진후, 진원, 진영이 그들이다. (그중 민진후는 장희빈 스토리가 드라마로 만들어질 적마다 어김없이 등장하는 주요 인물이다.) 그러니까 민치록은 민진후의 4대손이기도 한 것이다.

앞에 이야기했듯이 민치록은 자식들이 일찍 죽고, 무남독녀로 민자영(명성황후)만을 두었으므로 민치구致久의 둘째 아들인 민승호升鎬를 입양했다. 민치구는 민유중의 아들인 민진영鎭永의 4대손으로, 딸인 민씨가 대원군 이하응李昰應과 부부가 됨에 따라 흥선대원군의 장인이자 고종의 외할아버지가 되는 인물이다.

그런데 입양 들어간 민승호 역시 아들이 없었다. 하여 민태호台鎬의 아들 민영익泳翊을 양자로 데려온다. 민태호는 민유중의 둘째 아들인 민진원鎭遠의 4내손인 민지오致五의 아들이다. 민태호의 딸은 또한 마지막 황제인 순종의 비, 순명황후가 된다.

한데 민승호를 입양보낸 민치구致久도 첫째 아들 민태호泰鎬가 아들을 낳지 못했다. 그래서 동생 민겸호謙鎬의 아들 충정공 민영환泳煥을 입양했다.

딸들은 알아보기가 쉽다. 즉, 민치록과 민치오, 민치구는 각각 민유중의 아들인 민진후와 민진원, 민진영의 4대손으로 민치록의 딸인 민자영은 고종비 명성황후이고, 민치오의 손녀(민태호台鎬의 딸)는 순종비 순명황후이며, 민치구의 딸은 고종의 어머니인 부대부인 민씨라고, 각각 친부와 함께 등장하기 때문이다. 혼동할 일이 없다. 하지만 아들의 경우엔 대를 잇기 위해 이리저리 양자로 입양되는 바람에 그들의 관계를 따져보고 있자면 정신이 없어진다.

그래서 그림으로 대강 그려보았다. 알아보기에 좀 낫다.

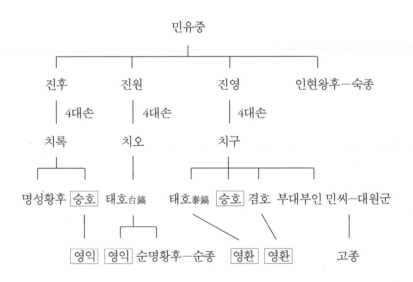

그리고 수양자收養子와 시양자侍養子제도도 있었다. 이 제도는 비록 성姓이 다르더라도 버려진 아이를 데려다 기르면서 양자로 삼아 자기의 성을 따를 수 있게 한 제도다. 『경국대전』은 3세 이전에 수양된 양자를 수양자로, 3세 이후에 수양된 양자는 시양자로, 구별했다고 한다. 이 제도는 호주상속을 위한 양자와 자녀를 위한 양자의 두 기능을 모두 갖춘 제도라도 볼 수 있겠다.

한데 종족 보존을 위한 경우 말고 아동복지적인 측면에서 입양을 허락하는 경우도 있었다. 구체적인 시작은 현종이었다. 한성 명부의, 버려진 아이들을 민가에서 수양하는 것이 관부의 허가제로 실시된 것이다. 관에서 의료서비스도 제공하였고, 아이가 10세에 이르면 양육한 사람에게 그 아이를 사역할 권리도 주었다(현종 2년, 1661년).

그러다 숙종 대에 이르러 '수양임시사목' 이 제정되었다(숙종 22년, 1696년). 사목事目(공사公事에 관한 규칙)이란 공식적인 명칭까지 달았으니, 한성부에만 제한되었던 현종조의 방침에 비하면 진일보한 셈이다. 수양임시사목을 통해 국가는 유기아, 부랑아를 직접 수용하기도 하고 민가에 수양하게도 하여 양자나 노예로 삼을 수 있게 했다.

이후 영조가 이 수양임시사목 을 『속대전續大典』에 편입케 해 좀더 확실하게 명시했고(영조 20년, 1774년), 뒤를 이은 정조가 이를 보강, 자휼전칙字恤典則을 제정해 더욱 견고히 했다. 서울과 지방에 흉

년이 들어 기근이 심한 해에, 버림받아 사방에 호소할 곳이 없는 불쌍한 어린이와 사방을 돌아다니며 무전걸식 하는 부랑아들을 관가에서 젖을 먹여 기르거나, 또는 민가에 수양토록 법적으로 허락한 것이다.

최근에 읽은 책, 『사월의 마녀』의 핵심도 바로 입양이다. 중증의 장애를 가지고 태어난 딸아이를 기관에 버리고, 그 원죄의식 때문에 다른 사람의 아이를 셋이나 거두어 키우게 된 한 여자. 그리고 버림받은 딸아이의 꼼꼼한 복수. 당시 스웨덴 장애인복지정책의 허실 또한 아프게 드러나 있다.

마음 졸이며 읽던 그 와중에 내 맘에 박힌 부분이 있었다.

사고는 계속되었다.
내가 내린 벌은 분명 가혹했다. 하지만 내가 틀렸다고는 생각지 않는다. 난 그저 그 위선적인 동정심, 목소리만 남아 있고 마음은 없는 그 가증스런 동정심에 벌을 내렸을 뿐이다. 하지만 말이 없는 조용한 여자들은 가만히 내버려두었다. 가끔은 그 무뚝뚝하면서도 상냥한 태도에 마음이 끌리기도 해서, 그들이 머리카락을 뽑거나 뺨을 어루만져도 물지 않았다. 물론 그들이 침묵할 때만 가능한 일이었다. 진정한 친절은 말하지 않는 것이다. 참된 친절엔 많은 말이 필요 없다. 다만 행동이 필요할 뿐이다.

진정한 친절은 말하지 않는 것이다.

흠!

인터넷이 발전하면서 말이 늘어가는 사람들을 본다. 나조차도 예전엔 가슴에 담아두거나, 휴지통에 쑤셔 박거나, 종이 귀퉁이에 작게 끼적이고 말았을 것들까지 모조리 활자화시켜 지껄이곤 한다. 피해는 나에게도 돌아온다. 예전처럼 날 좀 내버려둬, 따위의 말을 내 주변에만 통보하면 얼추 조용해지던 때는 아무래도 돌아오지 않을 모양이어서 그러하다.

입양을 진지하게 생각해보자는 뜻에서 쓴 글이 아니다. 아이를 낳아놓고 키울 수 없어 다른 나라로까지 입양을 보내야 하는 이 나라의 정서적, 경제적 형편이 속상하다는 마음으로 적은 글도 아니다. 지나치게 만져대서 진물이 나게 생긴, 사람과 사람의 사이를 쑤셔보겠다던 작정이 덜컥 가족 얘기에 걸려버렸을 뿐이다. 사실 '가족'은 뇌도 별도로 취급한다. 타인의 사진을 볼 때는 뇌의 여러 부위 중 행동을 결정하는 부위가 활성화되는 반면에, 가족이나 친척의 사진을 볼 때는 '자신,' '반성'과 관계되는 부위가 활성화됐다는 실험결과도 있다. 가족이 곧 나 혹은 나의 일부라는 의미인데, 나의 경우도 '가족'이란 단어에 좀더 민감하게 반응하는 뇌를 가지고 있는 모양이다.

한데 거기서도 자리를 잡지 못하고 입양 얘기만 실컷 하고야 말았으니, 낭패다.

■ 사족

삼천포로 빠지는 건, 뭐 좋다. 돌아오면 되니까. 한데 난 돌아오는 길은 둘째 치고, 삼천포에서조차 길을 잃는다. 어허, 그것이 문제다.

물론 정서적으로나 이성적으로 나와 완
벽하게 일치하는 사람은 이 세상에 존재
하지 않는다는 데 한 표다. 그럼에도 불
구하고 '코드'가 맞을 때 내 속은 한 번
씩 꿀렁, 한다.

통하였느냐

복잡다단, 골치 아픔직한 상황을 짧은 문장 하나가 한 방에 정리할 때가 있다. 〈스타워즈〉에서 다스베이더가 결정적 순간에 루크에게 날린 "I'm your father!"가 그러하다. 엄마 배 속의 덜 여문 아가들조차도 비웃을 수준의 기초 영단어 네 개로 이루어낸 기적이었다. 드라마 〈이산〉에 나온 "너를 데리러 왔다!"가 또 그러했다. 그 한마디로 그때까지 지지부진했던 관계가 총정리되면서 바야흐로 새로운 국면으로 접어들었으니 말이다. 그리고 "통하였느냐?"가 있다. 조선시대의 발칙한 남녀상열지사를 다룬 영화 〈스캔들〉의 짙은 포스터 문구, "통하였느냐?" 한데 '통하다'라는 그 말이 영화에서는 얼마나 은근한 대사였는지 몰라도, 실제로 사는 동안 얼마나 요긴했는지.

인터뷰 때마다 한결같은 질문이 있다. 어느 작가를 좋아하느냐 혹은 어떤 작가에게서 영향을 받았느냐는 것인데, 모범답안은 없다. 모든 작가로부터 영향을 받았기 때문이다. 그래서 처음에는 그런 질문을 받을 적마다 즉석에서 답을 만들어내야 하는 일이 적잖이 곤혹스러웠다.

게다가 꽤 최근까지만 해도 내게는 책과 작가가 따로따로였다. 저자에 별다른 관심 없이 그저 집히는 책을 읽을 뿐이어서, 나는 때때로 그들을 기억조차 못했다. 하지만 책이, 그 안의 글이 곧 작가일 수밖에 없음을 모르지는 않았다. 왜냐하면 그네들이 늘 나를 향해 무언가를 끊임없이 떠들고 있었으므로.

소설을 읽을 때 문장들은 독자의 사고를 자극하고 상상력을 추동한다. 소설 문장들은 독자인 나에게 말을 붙이고 나는 대들거나 반문하거나 수용한다. 나의 대듦이나 반문이나 수용에 대한 소설 문장들의 대듦이나 반문이나 수용이 이어지고, 이런 일들이 끊임없이 되풀이되면서 거기에 하나의 유연하고 둥글고 탄력 있는 공간이 생겨난다. 그 공간에서 소설이 태어난다. 그럴 때 새로 태어나는 소설은 그 책의 잠재의식에서 불러내어진, 기억되어진 소설이다. 그러니까 과거의 책들은 미래의 책들을 기억 속에 품고 있는 셈이다.

그러니 내 글에서 그 누군가의 호흡이 느껴지거나 그 누군가의 목소리가 들리는 것은 지당하다. 왜냐하면 나는 그들에게서 벗어난

이승우, 『당신은 이미 소설을 쓰기 시작했다』

적이 단 한 번도 없을뿐더러, 완전한 새로움을 창조해낼 만큼 재능 있는 인물도 아니기 때문에. 고로 '어느 작가를……?' 같은 질문의 진의는 아마도 이럴 것이다.

"당신은 누구와 통하였습니까?"

그래서 나는 이스마일 카다레나, 김훈, 최명희, A. J. 크로닌 같은 이름들을 정성껏 챙긴다.

그 이름들 가운데 유독 내가 김훈에게 꽂힌 데는 산문집 『너는 어느 쪽이냐고 묻는 말들에 대하여』가 미친 영향이 지대했다. 주파수가 맞는 느낌이랄까. 외람되게도 내가 품은 것과 같은 계열의 색을 찾은 기분이랄까. 그러다 보니 책 곳곳마다 밑줄 그은 구절 천지였는데,

젊은 날에는 말이 많았다. 말과 그 말이 가리키는 대상이 구별되지 않았고 말과 삶을 구분하지 못했다. 말하기의 어려움과 말하기의 위태로움과 말하기의 허망함을 알지 못했다. 말이 되는 말과 말이 되지 않는 말을 구별하기 어려웠다. 언어의 외형적 질서에 하자가 없으면 다 말인 줄 알았다.

특히 이 부분에서 제대로 걸려든 셈이었다. 당시 보잘것없고 지지부진하기만 하던 내 인생의 화두가 바로 '말'이었기에. 그 이후,

김훈, 『너는 어느 쪽이냐고 묻는 말들에 대하여』

다언삭궁, 아버지의 가르침을 새겨 말을 먼저 하여 실수하기보다
는 속으로 삼켜 문자로 만드는 버릇이 있었다.

를 거치면서 나는 '말하기의 어려움'에 골몰하게 되었다. 입을
다무는 대신에 활자를 조합하고 문장으로 구성하는 일에 점점 더
집중하게 되었다. 물론 정서적으로나 이성적으로 나와 완벽하게 일
치하는 사람은 이 세상에 존재하지 않는다는 데 한 표다. 그럼에도
불구하고 '코드'가 맞을 때 내 속은 한 번씩 꿀렁, 한다.

얼마 전, 평소엔 일말의 관심도 두지 않았던 '평론집'을 힐긋거
리게 된 것도 다 그래서였다. '평론'이라 하면 내 지적 능력으로는
반절도 이해를 못하겠는 그 속상한 사정이 싫었던지라 의도적으로
피하거나 외면하던 터였다. 그런데,

대학시절, 글쓰기는 내게 철저한 암흑이었다. 세상과 처음 제대
로 대면한다고 느끼던 순간부터 나는 언어를 잃었다. 말은 마음과
다른 방향으로 튕겨나가고, 글은 마음속에서 얼어붙었다. ……대
학원 시절, 글쓰기는 내가 살아 있음을 확인할 수 있는 유일한 물증
이었다. 불투명한 미래와 통장잔고를 걱정하며, 가갸거겨를 다시
배우는 아이처럼 공부를 시작했다. ……글쓰기는 내게 끝없는 자기
치유의 놀이이고 실험이었는지도 모른다. 환자도 의사도 간호사도
문병인도 모두 한 사람의 인격 속에 녹아 있는,

라는 고백을 책의 속표지에서 읽으면서 또 꿀렁. 당연하게도 난 그녀의 책을 제대로 이해하지 못했다. 총명한 젊은이가 바르게 참 잘 쓴 글이라는 것을 한눈에 알아는 보면서도, 어쭙잖은 오해조차도 할 수 없었다. 뭐 하나라도 아는 것이 있어야 말이지, 하는 생각에 어린아이처럼 의기소침해 버리기도 했다. 그럼에도 내가 마지막에 확인한 것은 앞으로도 그녀의 말에 꾸준히 귀 기울이게 될 것 같다는 막연한 짐작이었다.

그리고 이 책에도 그랬다.

나는 도시에서 십대와 이십대를 보내면서, 도시에 적응하지 못하면서도 고향에 대한 편견을 바꾸려 하지 않았다. 소설을 쓰면서도 한동안이나 고향 이야기를 소재로 삼지 않았다. 일차적으로는 내 소설의 경향 때문이지만, 꼭 그것만은 아닐 것이다. 고향은 내 오래된 기억의 가장 낮은 층에 몸을 숨기고 있었다. 할 수만 있다면 고향에 닿지 않고 싶은 나의 왜곡된 욕망이 그렇게 했던 것이다. 그동안 가끔씩 고향 마을에 성묘를 하고, 뒷산에 누워 계신 아버지의 산소에 성묘를 가면서도 나는 마음속으로는 고향에 가지 못한 것이다. 나는 왜 그런지 내 문학 속으로 내 고향을 가지고 가기가 싫었다. 문학 속으로 가지고 갈 자원이 하나나 있을 것인가, 하고 생각했었다.

진실로 눈물겨운 구절이었다.

나는 고향의 대부분을 잊었다. 생각하면 열이 치받치고, 더 생각하면 슬프기 그지없었던 시기. 내 개인적인 비극의 기원이자 말할 수 없이 후진 정서의 내력. 그래서였겠지만 내 기억령領의 영주領主는 고향 소유의 영토를 이미 다른 쪽에 소작으로 넘긴 지 오래였다. 지금도 내 두개골 속의 '고향'을 둘러보려고만 하면 무수한 것들이 끼어들고 참견하면서 오류가 잦아진다. 그러다가 결국엔 다운. 먹통. 하여 나는 아예 매각을 고려하는 중이다. 고향 같은 거, 아예 없는 것으로 하고 싶은 마음으로. 그래서 앞으로 영영 '성장'을 바탕으로 한 소설을 쓸 수 없을 거라고 해도 말이다. 고향 따위.

독자들은 어떤 작품에 대해 자전적이지 않느냐고 묻는다. 나의 대답은 이렇다. 모든 소설은 궁극적으로 자전적이다. 작가는 여러 권의 책을 통해 한 편의 자서전을 쓴다.

하지만 그렇다고 해서 내 글이 나의 온전한 진실은 아니다. 왜냐하면,

모든 소설은 작가 개인의 이야기지만, 그러나 작가는 절대로 자기 이야기를 '사실 그대로' 하지는 않는다. 작가는 기억만 하는 존재가 아닌 것이다. 작가는 기억하면서 동시에 상상하고 왜곡한다. 기억하고, 읽고, 듣고, 상상하고, 왜곡하고, 만들고, 그리고 표현한다.

정말 그렇기 때문이다. 그럼에도 자신을 걸러 불순물을 가려내고

쏟아붓고 무언가를 첨가하고 다시 섞고 응고시키는 지난한 작업이 끝나고 나면, 한 단계 업그레이드가 이루어진다. 해방과 자유의 차원으로 말이다.

소설 역시 그것을 쓴 작가 자신에게 이해받지 못하고 이해할 수도 없는, 이 견딜 수 없는 세상을 견디는 방편이며, 나름의 치유책이라는 걸 깨닫게 한다. 소설은 가장 먼저 그 글을 쓴 작가 자신에게 결정적으로 유리하다. 소설가는 소설을 통해 세상을 견딜 힘을 얻는다. 세상의 불합리와 파렴치와 몰인정을 이길 힘을 얻는다. 이야기를 하는 사람은 이야기를 통해 그 힘을 얻는다.

그럼 '나는 나 자신을 구제하기 위해 글을 쓴다'고 한 글, 「내가 글을 쓰는 이유」의 고백에 한 줌의 보편성이 더해지게 되는 걸까? 하지만 보편성이 더해진들 무엇이 달라질 것인가? 언제 내 삶이 보편적인 적이 있었던가?

소설을 통해 세상을 견딜 힘을 얻는다지만, 나 또한 진실로 경험했지만, 그러면서도 동시에 소설이 힘들다. 계속해서 이루어지는 기억의 재구성과 감성의 복제가 버겁다. 나를 건드리고 쑤석여야 하는 작업이 그리 즐겁지 않다. 그것은 내가 소설로 살게끔 체질 개선이 미처 다 이루어지지 않았기 때문일 것이다.

그래서 생긴 욕심일까? 나 자신은 절대로 개입하지 않는, 그런 이야기를 쓸 수 있다면 좋겠다. 가능할는지는 모르지만, 할 수만 있다면 그리고 싶다. 나는 나를 내버려두고 싶다. 그러다가 잊고 싶다.

이승우의 『소설을 살다』를 내게 보내고서 그녀가 한 말을 나는 제대로 기억하지 못한다. 내게 도움이 될 것이라고 했었는지, 내가 읽으면 좋을 거라고 했었는지. 나와는 일면식도 없는 그녀가 무엇으로 인하여 그런 생각을 가지게 되었는지 잠시 따져보다가 그만두었다. 하지만 뭐랄까. 설명과 해석의 절차 없이 누군가에게 이해받았다는 기분이 나쁘지 않았다. 과장일까? 아무튼 누가 알랴. '통' 하고 있는 것인지.

□ 사족

내 마음속에는 완벽한 할머니 상이 있다. 지혜롭고, 위엄 있고, 스스로에게서 평화를 얻고, 자신이 걸어온 길에 무언의 자신감이 있는 할머니다. 남의 환심을 사거나 뛰어난 이들을 깎아내리는 데 시간을 낭비하지 않는다. 대신 자신의 일을 한다. 그 할머니는 화가 조지아 오키프Georgia O'Keeffe일 수도 있고, 작가 마리안 무어Marianne Moore일 수도 있다. 혹은 책을 읽고, 바흐의 음악을 듣고, 기억 저편으로 흘러가버린 나날들을 혼자서 조용히 되짚어보는 유명하지 않은 할머니일 수도 있다. ……나는 오키프와 무어민큼 근사하게 늙어가기를 바라지 않는다. 앞으로 살아갈 반세기 동안의 내가 서른한 살인 지금의 나보다 낫기를 바랄 뿐이다. 그러나 그렇게 늙어갈 수 있을지 의문이다. 예민하고, 겁에 질려 있고, 행복을 얻지 못하고, 죽고 싶어하면서도 삶에 필사적으로 매달리는 우리 할머니를 볼 때, 나는 나 자신을 본다. 그래서 그런 할머니를 보고 있을 수가 없다.

왜 나는 벌써부터 내 딸년보다 내 딸년이 낳을 딸년이나 아들놈에게 잘 보이고 싶은 마음으로 설레는지 모르겠다. 그 녀석들과 통함으로 내 딸년과 더 크게 화합할 수 있을 것이라 기대하기 때문일까? 어쩌면 단순히 녀석들이 내게 쥐어줄 용돈 때문일지도.

읽는 내내 흔들림, 혹은 울렁거림이 밀
려왔다. 아, 내가 어찌 다산을 사랑하지
않을 수 있겠는가 말이다.

그 말씀 들어
받잡나니

내가 커트머리 여고생이던 1986년에 '아시안게임'이 열렸다. 처음으로 치르는 대규모의 국제적인 행사인 데다가, 2년 뒤 개최될 올림픽의 예행연습이라는 의미도 있어서 전 국가적으로 꽤 야단을 떨었던 기억이 있다. 몸과 맘이 꺼칠하던 우리들도 교실 천장에 매달린 티브이를 통해 감질나게나마 그 열기에 섞여들었다. 같은 또래인, 탁구 선수 유남규의 활약에 꽤 흥분하기도 했었다. 비인기 종목에 응원단으로 단체 동원되어, 수업까지 빼먹고 경기장을 들락거린 일은 지금까지도 즐겁다.

그리고 지금에야 참 극성이었다는 생각이 들기는 하지만서도, 그 기간에 외국손님 접대용으로 영어자막 깔리는 특집 드라마가 방영됐었다. 탤런트 전무송이 주연한 〈원효대사〉가 그중 하나였다. 요석공주 얘기며 설총이 얘기, 그리고 무엇보다도 그의 중생을 향한 사랑 얘기 등등. 그런데 하고많은 에피소드 중에 지금까지도 내 속에 저장되어 있는 장면이 둘 있다.

  하나. 잘 익은 홍시가 주렁주렁 매달린 감나무 밑에 작대기 움킨 동자승들이 오밀조밀 모여서는 그거 하나 따 먹겠다고 수선을 피운다. 지나던 대사께서 자상한 웃음으로 지켜보시다 한 말씀 하신다. "까치 먹을 것도 몇 개는 남겨두라"고(언젠가 한 식품회사 광고에서도 그 엇비슷한 내용이 나왔던 것으로 안다).
  지금도 사람들이 묵 쑤어 먹겠다고 산짐승 식량인 도토리를 죄다 긁어 오는 바람에 겨울마다 부러 식량을 풀어야 하느니만큼, 고금을 아울러 아직도 유효한 충고 아니겠는가?
  둘. 젊은 스님이 절간 마당에 떨어진 마른 낙엽들을 자기 키만 한 빗자루로 아주 깨끗이 쓸고 있다. 이 또한 다감한 눈길로 바라보시던 대사께서 한 말씀 하신다. "가을마당엔 나뭇잎도 뒹굴고 그래야 하느니." 처음엔 의아함에서 시작해 무슨 말씀을 하시는지 알겠습니다, 라는 의미의 잔잔한 미소로 점점 표정의 변화를 보이던 젊은 스님이, 등 돌려 뒷짐 지고 가시는 대사의 뒷모습에다 큰절 올리던, 그랬던 마지막 장면.

  염화시중의 분위기였다. 왠지 뭔가 있는 것 같고, 나 혼자서만 엄청난 비밀을 들은 것 같고, 여하간 지금까지와는 다른 게 느껴지던 그 장면에 대한 기억이 알게 모르게 밑바닥에 깔려 있는 상태에서 다산을 처음 만났다, 고 하면 사실은 거짓말이다. 그도 그럴 것이 수업 시간에 『목민심서』니 하면서 외웠으니까. 이름과 압축된 생애, 업적 그런 건 대강 알고 있었으니까.

하나, 그런 걸 일컬어 '처음' 이라 하지 않는다면—생뚱맞을뿐더러 시답잖기까지 한 예를 들자면, 남들 뽀뽀 백날 쳐다봐야 내 것이 아니듯—학교 도서관 나무 서가에 단정하게 꽂혀 있던 『만남』을 집어든 것이 바로 다산, 그와의 진지한 처음이었다.

『만남』은 다산 정약용의 일대기를 그린 한무숙의 글이다. 한무숙은 이 책으로 1986년 제7회 대한민국문학상 대상 수상자가 되었다고 전한다. 공교롭게도 내가 〈원효대사〉의 두 장면에 꽂히던 바로 그해였다.

가톨릭 인터넷 서점 '바오로딸' 에서는 『만남』을 이렇게 소개하고 있다.

다산 정약용과 그의 조카 정하상(바오로)을 중심으로 오늘의 한국 천주교회를 있게 한 집요하고도 처절한 뿌리내림의 과정을 그린 감동적인 소설이다. 수차에 걸쳐 천주를 배반하였으나 고난과 통회의 값진 생애를 살았던 다산. 그와는 달리 아무런 흔들림이 없이 천주를 위해 기꺼이 목숨을 바쳤던 그의 조카 정하상(바오로)의 순결한 삶. 고루한 사람들의 혐오와 증오로 인한 박해. 배교자들의 비열한 배신. 지방 관리들의 변덕과 포졸들의 치사한 사욕과 만행으로 교우들이 겪는 끝없는 괴로움과 시달림. 그런 고충 속에서도 전력을 다해 투쟁하는 곧고 열심한 신자들의 모습과, 특히 교회의 발전을 위해 성직자 영입 운동을 일으키는 등 교회를 위해 생명을 바친 평신도들이 바로 우리의 순교 성인들임을 잘 보여준다. 순교자의 피를 물려받은 우리는 이 진리의 신앙을 지혜와 용기로 간직하고 매일을 순교하는 자세로 살아야 함을 일깨워준다.

읽는 내내 흔들림, 혹은 울렁거림—물론 그때가 1988년이었기 때문에 지금 읽는다면 내가 영판 다른 걸 느낄 수도 있겠다. (그럴까 봐 무서워 다시 읽지 못하고 있다고 고백한다.) 만약 내가 천주교 신자라면 『만남』에서 느낀 모종의 감정들이 '은혜를 받았다'는 일종의 종교 체험이라고 할 수도 있겠지만, 내가 느낀 건 그런 것이 아니었다. 그보다 이태 전 드라마 〈원효대사〉를 봤을 때의 이심전심, 그것이었다. 그 이후로는 정약용이라는 이름이 건성으로 지나치기에는 예사롭지 않은 이름이 되었다. 쥐뿔도 아는 게 없으면서. 솔직히 그의 저서는 내 능력 밖이었다.

한데, 왜 흔들렸냐고?

무지막지한 전쟁이나 위대한 발명, 뛰어난 두뇌 등 사람이 그 이름을 후세까지 남길 수 있는 방법이 여럿 있겠지만, 무엇보다도 인품으로 기억된다면 향기롭지 않겠는가! 원효대사와 다산이 그랬다, 나에게는. 물론 사신은 없었다. 소설 속의 그의 모습은 대부분 허구일 것이 분명했기에. 하지만 내 판단에 하자가 없었음을 몇 년 전 한 책에서 통해 확인할 수 있었다. 뒷골목에 출현한 다산이었다.

다산의 문집에 '숙보菽甫(김석태의 자)의 제문祭文'이라는 이름으로 남아 있는, 반촌泮村 사람 김석태의 제문이다.

'지극한 정성은 하늘에 통하고 지극한 정은 땅까지 통하였네. 깬 것도 나를 위해 깨고 자는 것도 나를 위해 잤었네. 가정에 소홀하면서도 나를 위해서는 치밀하였고 달리고 쫓는 일에는 동작이 느렸으나 나를 위해서는 빨랐네. 나의 잘못을 남이 지적하면 칼을 뽑아 크게 성내었고 사람이 나와 잘 지내면 그를 위해 온 힘을 다 쓰더니, 혼마저 천천히 감돌며 아직 내 곁에 있네. 구원九原이 비록 멀다고 하나 앞으로 서로 생각하리.'

반촌인 중에 이처럼 좋게 기록에 남은 이는 김석태가 유일할 것이다. 당시 사회의 기준으로 볼 때 보잘것없는 인물에 대한 다산의 제문이 여간 다정스럽지 않아, 다산의 인품을 보는 듯하다.

그런데 이번엔 『조선 사람들, 혜원의 그림 밖으로 걸어나오다』였다. 열부, 즉 남편을 따라 죽음으로써 절개를 지킨 여인들에 대한 다산의 견해가 나를 사로잡았다.

당시 어지간히도 많은 여인들이 그렇게 죽어 열부라 칭송받았나 보다. 나라에서 열녀문을 하사하기도 했으니 가문과 남편을 위한 자살은 유교를 숭상하던 시대에 여성이 완성해야 할 지고의 가치였던 것일까? 어쨌든.

다산은 그런 풍조에 동조하지 않았다. 물론 다산도 그 시대를 살던 인물이었던 만큼 몇 가지를 예외로 두어 인정하고 긍정하기는 했다. 그 불가피한 경우는 이랬다. 남편이 맹수나 도적에게 핍박당해 죽은 지경에 호위하다가 뒤이어 죽는 경우, 자신이 도적이나 치한에게 강간당할 위기에 굴하지 않고 죽은 경우, 그리고 일찍 과부가 되었는데 자신의 뜻에 반하여 부모 형제가 개가를 강요하므로 저항하다가 역부족이어서 죽음으로 맞선 경우, 그리고 남편이 원통한 한을 품고 죽자, 남편을 위해 정상情狀을 밝히려다 끝내 밝히지 못하고 형벌을 받아 죽은 경우.

그러니 남편이 편안히 천수를 누리고 안방 아랫목에서 조용히 운명하였는데도 아내가 따라 죽는 것은, 그저 스스로 제 목숨을 끊는 것일 뿐 아무것도 아니라는 비판이었다. 당시로서는 분명히 혁신적이었을 것이다. 누가 알랴, 다른 양반네들로부터 튄다고 왕따를 당했을는지.

나는 확고하게 스스로 목숨을 끊는 것은 천하에서 가장 흉한 일이라고 여긴다. 따라서 이미 의에 합당한 자살이 아니라면 그것은 천하의 가장 흉한 일이 될 뿐이다. 이것은 단지 천하의 가장 흉한 일인데도, 관장官長이 된 사람들은 그 마을에 정표하고 호역을 면제해주는가 하면 아들이나 손자까지도 요역을 감해주고 있다. 이는 천하에서 가장 흉한 일을 서로 사모하도록 백성들에게 권면하는 것이니, 어찌 옳다고 할 수 있겠는가?

아, 내가 어찌 다산을 사랑하지 않을 수 있겠는가 말이다. 그리고 나니 그가 자식들에게 글을 남겼다면 그 또한 예사롭지 않았을 거라는 짐작이 들었는데, 뒤져보니 역시였다. 유배지에 묶인 형편이라 일일이 자식을 챙길 수 없는 마음을 적어 보낸 편지들을 보면 그렇다.

천하에는 두 가지 큰 기준이 있는데 옳고 그름의 기준이 그 하나요, 다른 하나는 이롭고 해로움에 관한 기준이다. 이 두 가지 큰 기준에서 네 단계의 큰 등급이 나온다. 옳음을 고수하고 이익을 얻는 것이 가장 높은 단계이고, 둘째는 옳음을 고수하고도 해를 입는 경우이다. 세 번째는 그름을 추종하고도 이익을 얻음이요, 마지막 단계는 그름을 추종하고 해를 보는 경우이다. ……화와 복의 이치에 대하여 옛날 사람들도 오래도록 의심해왔다. 충과 효를 한다 해서 꼭 화를 면하는 것도 아니고 방종하여 음란한 짓을 하는 놈이라고 꼭 박복하지만은 않다. 그러나 착한 행동을 하는 것은 복을 받을 수 있는 당연한 길이므로 군자는 애써 착하게 살아갈 뿐이다.

툭하면 권선징악이 부정되는 세상에 대한 현재진행형 염증을 어떻게 다스려야 할지 알려주는, 그래서 들어 받잡아야 할 말씀이었다. 편역자 박석무는 책머리에 이렇게 글을 달아놓았다.

편지의 여러 곳에 보이는 효孝와 제弟에 대한 다산의 견해를 종합해보면 이익사회의 속성을 인정하면서도 이익사회를 유지하는 유

95

일한 방법은 사회구성원의 윤리의식이 튼튼해야 한다고 여기고 다산은 윤리의식의 근간인 효와 제를 강조한 것 같다. 이 점에서 당시의 지배층 유자들의 지배논리의 충이나 효와는 차이가 있다. 썩은 유자들은 민중의식이 없었기 때문에 지배체제 유지만을 위해 무조건의 충효관념을 주장했으나 다산의 효제개념은 인간이 지닌 인간이기 위한 윤리개념이고 인간관계의 원활한 화해를 위한 사회적 결속의 원리로 주장했던 것으로 보인다. 그러므로 다산은 모든 학문의 근본은 효와 제라 하였고 인간으로서의 양심, 인간을 인간으로 대접하겠다는 사회생활의 기본적 자세, 인간답게 살아가려는 인간의지의 성취 등 인간원리의 근본을 체득하지 않은 채 연구된 학문은 뿌리없는 나무, 모래 위에 세운 건물이 되어 위험천만이라 했다. 부모에 효도하고, 나라에 충성하자는 주장은 반드시 이러한 개념으로 정리된 후에 권장되어야 함을 우리는 여기에서 알 수 있을 것이다.

아무래도 시간을 내어 그를 공부해 봐야겠다는 새삼스러운 결심 중, 내친 김에 다른 어르신들의 가훈 혹은 유언도 살펴보니, 날더러 하시는 말씀이 한두 구절이 아니었다. 그중 하나가 신숙주의 가훈 조심操心, 근신謹身, 근학勤學 중 '근학'이었다.

이목이 좁은데 마음이 넓은 사람은 없다. 이목을 넓히려면 독서만 한 것이 없다. 성현의 도리는 책에 담겨 있다. 진실로 능히 굳세게 뜻을 세웠다면, 차례를 밟아 정밀하게 해야 한다. 오래되면 저절로 얻음이 있다.

배움의 요령은 다만 풀린 마음을 거두는 데 있다. 마음은 가슴속에 있다. 저절로 광명이 펼쳐져서 비춰 써도 부족함이 없다. 마음이 안정되지 않았는데 능히 배움에 나아간 자는 일찍이 없었다. 풀린 마음을 거두는 데는 요령이 있으니, 다만 경敬에 달렸다.

사람이 배우지 않으면 담벼락을 마주한 것 같다. 진실로 배우기만 하고 힘써 행하지 않으면 비록 만 권의 책을 읽더라도 아무 소용이 없다. 그러므로 성현의 책을 읽을 때는 마땅히 성현의 마음을 구해 하나하나 체화해야 한다.

그리고 하나 더. 정제두鄭齊斗1649~1736가, 아우 제태齊泰와 아들 후일厚―에게 준 유언 중 특히 마지막, 세상에서 공부하는 사람들의 여러 가지 양태에 대해 말한 것으로, 글을 아름답게 꾸미는 것을 대단한 과업으로 여기는 사람이나, 많이 읽어 그저 박식함을 뽐내기에 급급한 사람, 또 훈고訓詁에는 환하지만 핵심 의미는 모르는 사람과, 자질구레한 이치에 얽매이면서 전문가인 체하는 사람 등등은 바깥의 명예만 탐하는 사람들이라는 대목이었다.

속이 따끔거려 죽는 줄 알았다. 앞으론 '잘' 해야겠다, 그게 무어든.

그때의 길은 내게 불안한 세상이었다.
하지만 어쩔 수 없게도, 도망갈 수 없는
현실이기도 했다.

김진규의 길

◎ 에피소드 1

함께 걸으면 손닿지 못할 만큼 한참을 뒤에 오던 그녀였죠.

빨리 오라며 그녀를 다그치고 답답한 맘에 난 앞서서 걸었는데

천천히 걸을 걸 그랬죠. 먼저 간 날 잃었었는지 그녀가 오지 않네요.

하루를 헤매다 돌아온 그녀는 어제보다 많이 다른 모습이죠.

날 보며 웃는 미소도 그 향기도 모두 예전과 같은데 낯설은 그대
모습

사소한 일로 많이 다툰 날였죠. 평소와 다른 그녀 모습 보고

먼저 다가가 그녈 달래봤지만 내 말도 들으려 않은 채 울고 있죠.

사랑하는 사람 있다고 허락해줄 수만 있다면 그 사랑 안고 싶다고

고개를 저으면 그저 난 저으면 예전처럼 다시 만날 수 있나요.

조금 더 함께하고파 그렇게도 천천히 걷던 그녀를 알지 못한 내

죄로 보내야 하나요.

그대 혼자서 나를 남겨둔 채 가는 건 여린 그대가 참 힘든 일이라

나 그대 따라서 이별이란 슬픈 세상에 나도 함께 갈게요.

고개를 저으면 그저 난 저으면 예전처럼 다시 만날 수 있나요.

조금 더 함께하고파 그렇게도 천천히 걷던 그녀를 난 보내야만

하죠.

그가 가버렸다.

성큼성큼 먼저 가버렸다.

가늘고 긴 다리가 느린 박자엔 그만 꼬여버린다 했다.

그러니 먼저 가 있겠다 했다.

멀어지는 감색 점퍼를 눈으로 붙잡는다.

백 리를 떨어져 있대도 쉬이 알아볼 익숙한 뒤꼭지를 바라본다.

갈 테면 가봐, 체념을 하든지

가기만 해봐, 독을 품든지

가서 기다려, 타협을 하든지

차라리 내 다릴 늘려, 협박을 하든지

대꾸도 못하고 서럽게 뛰든지

내 맘

그가 앉아 있다.

딱딱한 의자에 딱딱하게 앉아

텁텁한 담배 한 개비 텁텁하게 핀다.

어떤 넘이 공주마마를 그리 모시디, 강짜를 놓든지

어라 뉘신지요, 농을 치든지

그 담배 뽀뽀보다 맛있디, 비아냥으로 꼬든지

보고 싶었잖여, 애교를 떨든지

지금부턴 업구 가, 억지를 부리든지

것도 내 맘

그때의 길은 내게 숨이 밭은 고행이었다. 하지만 다행스럽게도, 서로 점점 닮아가는 호흡이 그와 나를 이산離散의 고통에서 해방시켰다.

○ 에피소드 2

나는 자연사한 새들의 주검을 본 적이 없다. 숲 속의 그 많은 새들이 어디로 가서 죽는 것인지 나는 모른다. ……새들은 올 길 갈 길에 하늘에서 죽어서 바다로 떨어져 내리는 것인가. 새들은 죽음에 죽음을 잇대어가면서 날아오고 또 날아오지만, 새들의 죽음은 보이지 않는다.

인도와 차도의 경계선에 아무렇게 누워 있던 새 한 마리에 대한 기억. 무심無心히 걷다가 말 그대로 심장이 없어지는 줄 알았다. 파르르, 파르르 조심스럽게 오르내리는 가슴팍. 숨은 붙어 있었지만,

처참한 몰골이었다.

하늘이 불러가는 목숨은 보이지 않는 곳에서 조용히 사라지는 모양이지만, 사람이 가져가는 목숨은 너무나 적나라하고 자극적이었다.

그때의 길은 내게 지극한 쪽팔림이었다. 그리고 슬프게도, 생명은 여전히 차별의 대상에 속한다.

○ 에피소드 3

대학시절. 나는 그 긴긴 방학을 줄곧 언니들의 집을 배회하며 지냈다. 큰언니네는 피난처 삼아, 작은언니네는 놀이터 삼아. 한데 작은언니가 한동안 하루에 버스가 고작 두 번 다니는 머시기 리里에서 산 적이 있다. (나도 리里에서 살았지만, 버스는 자주 다녔다.) 당시 초등학교 들어가기 전의 조카 녀석이 동네 엉아들과 얽혀 뱀 잡으러 다닐 만큼, 주변 여건이 충분히 뒷받침되고도 남는 그런 리里 말이다.

아, 뱀! 교과서에 나온 엉성한 그림만 보고도 하얗게 질리는 바람에 짝꿍이 책에 흰 종이를 덧발라 꼼꼼하게 가려주었던 그 뱀, 을 조카가 뒤지고 다닌다는 사실 하나만으로도 나는 간당간당, 죽을 맛이었다.

이쨌든 시市 디미널에서 언니네 리里로 가는 버스는 늘 민원이있다. 인사말이 난무하고, 보따리 위로 사람이 알아서 날아다녀야 했던 그 버스.

그때의 길은 내게 최소한으로 남아 있는 자연으로의 통로였다.
하지만 안타깝게도,

"해방 후에 길 넓힌다고 마을사람들을 죄다 동원했었어. 그리고 이번에 영동 고속도로 새로 뚫을 때 마을사람들 가운데 상당수가 인부로 참여했으니, 이 마을엔 나처럼 길을 두 번씩이나 닦은 사람들이 많지. 우리들 손으로 직접 길을 냈는데, 그래서 서울 가는 시간이 점점 빨라지긴 하는데 우리 사는 건 좋아진 건지 어쩐 건지 모르겠어."

그들의 길 또한 머지않아 쥐어뜯길 것이었다. 세상은 공사工事를 믿는 자들에 의해 관리되니까 말이다.

그리고 때때로 막다름…….

○ 에피소드 4

과학 선생님이 돌아가신 곳은 길 위였다. 새로 뚫린 산업도로는 자신의 무지막지함을 만천하에 과시했고, 박살난 오토바이에 대한 소문이 전설로 남았다. 운동장을 천천히 돌아 내려가던 영구차를 산 자들이 쓰다듬었다.

그때의 길은 내게 흉흉한 단절이었다. 또한 경악스럽게도,

죽음의 직접적인 원인을 볼 수 있는 죽음은 싫다. 그러나 죽음의 직

접적인 원인이라는 것은 그 사람의 전 생애라고도 할 수 있다. ―가와 바타 야스나리

삶에 대한, 생활에 대한 첫 공포였다.

○ 에피소드 5
진실은 덕목이 아니라 정열이다. 그렇기 때문에 진실이 자비롭지 않은 것이다.

1988년 5월. 광주에 갔다. 선뜻 나섰던 건 아니었다. 상하전후좌우가 빤한 손바닥만 한 과에서 혼자 내뺄 만한 배포라면 배포, 용기라면 용기가 없었을 뿐이었다. 그래도 막상 출발하는 날엔 조금씩 달뜨는 기분을 막지 못했다. 캠퍼스로 줄줄이 들어오는 대절 버스가 소풍날을 연상케 했다. 하지만 그날 밤 전남대에서 본 기록영상은 전쟁이었다. 진실은 무자비했다. 광주는 전국에서 몰려온 학생들 반, 전국에서 차출된 전투경찰 반이었다. 도청사거리, 망월동 어느한 군데 조용한 곳이 없었다. 때론 걸어서 때론 뛰면서, 때론 구호로 때론 노래로, 그렇게 그날을 났다. 그때의 길은 내게 불안한 세상이었다. 하지만 어쩔 수 없게도, 도망갈 수 없는 현실이기도 했다.

□ 사족
부끄러움도 이사를 다니는 모양입니다. 언제부턴가 나는 내가 외

국어를 잘하지 못하는 것은 부끄럽지 않지만, 우리말 사투리를 제대로 구사하지 못하는 것은 부끄럽습니다. 클래식 음악을 듣고 베토벤인지 모차르트인지 구분하지 못하는 것은 창피하지 않지만, 열매를 맺기 전의 잎으로 그것이 호박인지 오이인지 분간하지 못하는 것은 창피합니다. 지식인이 머리로 쓴 책의 문장을 이해하지 못할 때보다 땀으로 한평생을 살아온 어르신들이 가슴으로 들려주는 이야기를 이해하지 못할 때가 더 부끄럽고, 지인들과의 술자리를 끝내고 애꿎은 신발끈만 오래오래 묶을 때보다 지갑이 비었다는 이유로 이웃의 어려움을 외면할 때가 더 창피합니다.

글질이 업이 되고부터 부쩍 부끄러운 것이 많아졌다. 별볼일없는 기억이나 허접한 일상 따위들을 뻥이요, 하고 글로 튀겨서는 '읽어주시오!' 한다는 것 자체가 말이 안 됐다. 게다가 이번엔 '김진규의 길'이라니. 다분히 독자를 의식한, 어디서 들어봤음직한 제목이 또한 웃기다. 물론 쓰고 싶어서 쓰고, 써야 해서 쓴다. 하지만 이러고 살아도 되나, 그런 죄의식이 성가시다. 오늘은 나를 더 부끄러워해야겠다. 비 탓이다.

부끄러움이 있다면 부끄러워해야 한다. 부끄러움이 없어도 부끄러워해야 한다. 부끄러움이 있는 사람은 반드시 부끄러움이 없고, 부끄러움이 없는 사람은 반드시 부끄러움이 있다. ―「부끄러움을 닦는 법修恥贈學者」, 이만부

하지만 그 어디에도 모범답안은 없었
다. 답답한 내가 있고 안쓰러운 내 딸이
있을 뿐.

모녀 사이

외계인의 역사

앤드류 솔로몬, 「한낮의 우울」

　그때 나를 지붕에서 내려오게 한 건 우울증이 감상적이고 우스꽝스러운 것이라는 자각이었다. ……우울증에 걸리면 자신에 대한 존중감은 낮아지지만 대개 자존심까지 잃지는 않는다. 자존심은 내가 아는 그 어떤 것보다도 우울증과의 싸움에 도움이 된다. 우울증이 깊어져서 사랑조차 무의미한 것으로 느껴질 때에도 허영심과 의무감이 우리의 생명을 구할 수 있다.

　나를 지붕에서 내려오게 한 건 딸이었다. 먼 훗날, 나처럼 서른이 되고 마흔이 될 딸아이에게 든든한 친정이 되어주겠다는, 꼭 되고야 말겠다는 의지, 그것이었다.

　딸아이가 중학교에 입학하고 얼마 되지 않아서였다.

-엄마. 국어샘이 무서운 얘기 하나씩 알아오라셔.

-엥? 무서운 건 보지도 듣지도 못하는데, 게다가 해야 해? 큰일 났네.

-그러니까. 뭐 적당한 거 없을까?

-이게 좋겠다. 옛날 옛날에, 참새 한 마리가 나뭇가지에 앉아 있었거든? 그걸 본 포수가 옳거니, 하고 총을 빵, 쐈지. 근데 참새는 살아서 날아가고, 나무 아래서 졸던 곰이 피를 철철 흘리며 죽었다?

-왜?

-콧구멍 후비다가 총 소리에 놀라서 그냥 팍, 쑤신 거지. 출혈과다로.

-아, 그게 무슨 무서운 얘기야?

-끝을 이렇게 맺어야지. 난 살아 있는 짐승이 피 흘리며 죽어가는 것이 세상에서 제일 무섭다, 이렇게.

-아, 그런 얘길 어떻게 해?

-음……, 그럼 이건 어때?

-뭐?

-학교 갔다 집에 왔는데, 엄마가 짐 싸서 도망간 거야. 제대로 무섭지 않냐?

-아, 그게 뭐야. 내가 엄마 땜에 못 살아.

오래전에 이 얘길 블로그에 올렸더니 덧글이 폭발적으로 올라왔다. 대부분 모녀 사이에 오고간 대화의 질을 높이 평가하는 내용이었다. 하지만 사춘기 딸을 둔 엄마들은 안다. 저런 식의 일일 시트콤 같은 화기애애함이 얼마만큼 지속되다 마는지를.

사실 내가 누군가에게 가차 없을 수 있다면, 그건 바로 딸이다. 공격의 주제는 성격, 지능, 식성, 그 모든 것을 아우른다. 외모처럼 민감한 주제도 결코 건너가는 법이 없는데, 특히나 쇼핑 때 두드러진다.

―엄마, 이 옷 어때?

―안목하고는. 꼭 골라도 벌레 터진 것 같은 색만 골라요. 황달 걸린 사람처럼 보여.

―이건 잘 어울리지?

―키도 작은 것이 꼭. 차라리 거적때기를 두르든가 푸대 자루를 뒤집어쓰고 다녀. 어딜 봐서 그게 옷이야?

그럼 그렇게 퍼붓는 내 안목은 탁월한가. 아니다. 팔순을 넘기신 내 엄마의 눈에는 나 또한 매사에 지적받아 마땅한 딸일 뿐이다. 아마 엄마도 외할머니에겐 그런 딸이었을 거다.

한데 이러한 대물림이 우리들의 고금에만 있는 것은 아니라는 거다. 동서東西 또한 망라한다는 결정적인 증거가 있으니, 유대계 미국인으로 프랑스에 시집간 수지 모건스턴이 그녀의 큰딸, 알리야 모건스턴과 주고받는 대화가 그러하다.

―너 요새 살찐 거 아니?

-일 그램도 안 늘었어!

강한 반발.

-몸무게 재봤어?

-아니!

그래 놓고 그녀는 이렇게 푸념한다.

엄마들은 엄마라는 이름의 일을 지치지도 않고 계속하고 있다.
말하자면, 들볶고 조바심치고 기를 꺾어놓고 기운을 돋우어주고 잔
소리하고 상처입히고 부려먹고 가슴 뿌듯해하고 실망하고 기대하
고, 한마디로 사랑하는 것이다! 그러면서 이런 식으로든 저런 식으
로든 엄마와 딸이라는 한 쌍을 이루는 각각의 짝들은 그럭저럭 살
아남는다…….

딸들이 자라서 엄마가 된다. 엄마들은 나름대로 최선을 다하려
고 노력한다. 그러나 사랑이란 건 그렇게 효과적이지 못하다. 늘
그런 식이다. 엄마들도 그리고 딸들도, 아마 앞으로도 영원히 그럴
것이다.

딸들의 치열한 역사다. 자극적이고 유치하여 효과적이지 못한,
그리므로 효율성이 떨어지는 사랑의 역사이기도 하다. 물론 3형제
중의 장남인 내 남편의 눈에는 '외계인의 역사'에 가깝다.

그런데 여기, 한 할머니가 손녀에게 들려주는 딸의 역사는 상당

히 진지하다.

'딸들의 역사' 하면 여러분은 어떤 생각이 드나요? 아마 간단히 지난 시대에 딸들이 살아왔던 삶에 대해 우리가 알고 있는 모든 것을 모아서 기록하는 것으로 시작할 거라고 생각했겠죠? 마치 중세 유럽의 기사들이나 탐험가들의 일생을 기록하는 것처럼 말이에요. 그렇지만 과연 딸들의 역사, 딸들에 대한 이야기를 기사들이나 탐험가들의 모험담과 비교할 수 있을까요?

이 질문에는 두 가지 대답이 가능해요. 첫 번째 대답은 그렇게 할 수 있다는 거예요. 딸들의 역사는 그 시작부터 이야기가 늘 한결같았으니까요. 딸들은 예부터 집 안에서만 생활했고, 집안일과 살림살이를 배우다가 적당한 나이가 되면 결혼을 했어요. 결혼 후에 남편의 집으로 옮겨 가도 다시 똑같은 일이 반복되었죠. 중요한 건 오로지 결혼할 때 신랑 집에 가지고 가는 재산인 지참금의 액수와 신랑감의 인물 됨됨이, 그리고 화려한 결혼식뿐이었어요. 자식들에 대해서조차 특별한 관심을 두지 않아도 되었어요. 자식들은 전적으로 남편의 집안에 속했기 때문이죠. 이런 모습을 따라서 지나온 모든 시대를 거슬러 올라가면, 딸들의 역사는 그것으로 이미 완성된 것처럼 보일 거예요.

그러나 두 번째 대답은 그렇게 할 수 없다는 거예요. 과거의 문헌들 가운데 딸들에 대해 기록한 내용은 사실 전혀 없다고 할 수 있어요. 고대와 중세의 모든 문헌들, 아니 그 당시에 문자로 기록된 모

든 것을 샅샅이 훑어봐도 딸들, 즉 여성에 대한 기록은 고작 아름답
거나 슬픈 몇몇 이야기와 객관적인 사실 몇 가지 정도가 전부죠. 어
떤 소녀가 특별한 상황으로 인해 당시 사람들의 관심의 대상이 되
었을 때, 예컨대 영주의 딸로서 정치적으로 중요한 결혼 관계를 맺
었다거나 막대한 재산과 영토를 물려받았을 때에만 우리는 그 소녀
에 대한 정보를 조금이나마 얻을 수 있어요. 그러나 그것도 고작 이
름이나 아름다운 외모, 고결한 품행 등 사소한 내용에 불과한 경우
가 대부분이죠. 외모가 그다지 빼어나지 않았다면, 품위와 지조가
있는 소녀였다는 정도만 알 수 있을 거예요.

그러니 내 엄마나 나는 비록 그럭저럭 살아남았을 뿐이지만, 너
는 대단하게 살아남아주기를 바란다는 모든 엄마들의 기원이다. 하
지만 정작 딸아이가, 어떻게 살아남는 것이 대단한가를 물어온다
면, 나는 말문이 막힐 것 같다. 어쩌면 "어떻게든 살아질 테니 지금
은 그냥 최선을 다해!"라고 무책임하게 맺어버릴 수도 있겠다.

요하나 킨켈Johanna Kinkel은 1810년에 태어나 1858년에 죽은 독일
의 음악가다. 그 시기는 조선으로 따지면 순조, 헌종, 철종, 이렇게
왕이 세 번이나 갈린 것만큼 혼란스러웠다. 정신 사납기로는 서양
도 마찬가지였던 그 시절에 음악가로 기록이 남을 성노년 그녀의
삶이 얼마나 파란만장했을지 짐작이 간다. 그녀의 친구로 훗날 신
학자가 된 빌리발트 베이슐라크라는 이가 이렇게 말했다고 한다.

작곡가이자 피아니스트, 혁명가, 작가였던 그녀는 그 모든 것에
앞서 헌신적인 아내이자 네 아이의 엄마였다. 아내와 엄마라는 역
할은 19세기 여성 작곡가로서 자리매김하는 데에 분명한 걸림돌이
었다. 킨켈에 대한 요하나의 무조건적으로 헌신적인, 질투에 불타
는 열렬한 사랑은 그녀의 예술과 삶에 새로운 변화를 가져온 동시
에 그녀의 예술가로서의 삶에 걸림돌이었다.

결혼과 출산, 그리고 양육이 지상과제였던 그 시절을 지금과 비
교하는 것은 부질없고 쓸데없다. 어떤 면에서는 달라진 것이 전혀
없으니까. 그래서 나는 때때로 겁이 난다. 딸아이가 겪을 시간들이
모질까 봐서.

내가 몇 권의 교육 관련 도서를 섭렵한 후, 『딸은 아들이 아니다』
까지 찾아 읽은 이유는 순전히 딸아이를 좀더 '잘' 키워보고자 하
는 욕심 때문이었다. 별반 지혜롭지도, 교육에 열성적이지도 못한,
게다가 살갑기조차 않은 그저 그런 엄마로서의 갈급함 말이다. 하
지만 그 어디에도 모범답안은 없었다. 답답한 내가 있고, 안쓰러운
내 딸이 있을 뿐. 고충이다.

나의 이성은 페미니즘이나 가부장제처럼 어떤 주의나 제도에 속
하지 않는다. 생긴 대로, 성격대로, 그렇게 자연스럽게 어울리는
세상을 꿈꾸는 소심한 한 사람일 뿐이다. 그러므로 나는 딸아이가
사랑을 하든, 일을 하든, 혁명을 하든, 그 영혼만큼은 평화롭기를
바란다.

많은 것들이 후회가 된다. 좀더 너그럽지 못했던 것, 많이 다정하지 못했던 것 등등. 그렇다고 내가 앞으로 혁신적으로 달라질 거라는 기대는 없다. 다만 딸아이가 어떤 선택을 하고, 그리하여 어떤 길을 가게 될 때, 등을 두덕여 지지할 뿐이다. 내 식대로 용기를 주고 응원할 따름이다.

그리고 그 훗날을 위해 잘 늙어가야겠다는 생각을 한다. 그럼 어떻게 늙어야 '잘' 늙는 것이 되는 걸까? 이 생각 또한 딸아이로 인한 것이니, 진정 나를 살게 하는 것은 딸인가 보다.

가끔
엄마가 전화를 한다

"나다, 궁금해서"

나는 그 말을 '보고 싶어서'로 듣는다

또 가끔
엄마가 전화를 한다

"요새 바쁘지"

나는 그 말을 '한번 와라'로 듣는다

딸자식이 커서 결혼을 하고

그 결혼이 이십여 년을 넘어

딸의 딸이 시집 보낼 때의 딸의 나이가 될 쯤이면

딸이 보고 싶어도 선뜻 오라는 말을 못한다

그것이 부모 마음이다

나는 그 마음을 잘 알면서도

자주 찾아 뵙지 못한다

그것이 또 자식이다

엄마도 그렇게 전화를 하신다, "엄마야. 궁금해서……." 구걸도
아닌데 그예 내색하고 살아야 하는 엄마는 가끔씩 치사할까? 나는
심드렁하게 대꾸한다, "별일 없어요. 이번 달은 힘들고……." 적선
할 주제도 안 되면서 가네 마네 따지는 나는 야박한가? 훗날 내 딸
이 내가 한 말을 그대로 읊는다면, 괘씸할까? 글 말미에 그런 생각
이 든다.

물론 개는 기다리는 시간이 긴지 짧은지
알 수 없을 것이다. 한 시간과 일주일, 한
달과 일 년의 차이를 구분하지 못하니까.
개는 부재와 존재만 감지할 뿐이다.

개의 시간

개발바닥의 굳은살은 개들의 『삼국유사』였다. 수억만 년 전, 어느 진화의 갈림길에서 나는 개들과 헤어졌던 모양인데, 개발바닥의 『삼국유사』는 그 수억만 년의 시간을 거슬러서 내 앞으로 당겨주었다.

  – 니가 진주니?

두 명의 은색 한복 중 키 큰 쪽이 내게 물었다.

  – 진주는 재고…….

엄마가 가리키는 손가락 끝에서 이름이 불린 진주가 발랄하게 꼬리를 흔들었다. 이어지는 엄마의 설명 혹은 해명.

  – 얘는 진규고.

  – 아! 우리 애가 하도 진주, 진주, 해서……. 여자애를, 이쁜 이름

다 놔두고 진규가 뭐래요, 진규가.

그때 난 진주가 미웠다. 이유는 단순했다.

-야! 너 뭐야? 왜 니 이름이 더 이뻐? 넌…… 개잖아!"

그럼에도 진주에 대한 나의 이해는 깊었다. 개에겐 표정이 없다고 주장한 어떤 동물학자를 주저 없이 덜떨어졌다고 비웃을 만큼.

개. '간혹 몸에서 순대 냄새를 풍기고, 종종 소리 하나 내지 않고도 충분히 위협적으로 폭발하는 동안童顔의 미혼'이라는 정체성을 가진 '개',와 함께 산 지 8년째다. 최근에 벌어지고 있는 여러 가지 상황을 두루 살피고 미루어 판단해볼 적에, 얼마 전 딸이 우리 집 개를 두고 했던 표현이 적절하지 싶다.

"예전에 엄마를 보면 아기 보는 것 같았는데, 요즘엔 꼭 노인 수발하는 것처럼 보여."

사람보다 서너 배는 빠르게 흘러가는 '개'의 시간이 새삼스러워지면서, 우리 식구들의 심사 또한 이루 말할 수 없이 복잡해졌다.

우선 전제 하나.

사람도 엄밀히 따지면 동물에 속하겠지만 난 동물의 범주에서 사람을 제외하련다. 왜냐하면 '개'를 어떻게든 사람과 구분은 해야겠는데, 막상 동물이라 하려니 어차피 사람도 동물이라 거기서 거기이고, 그렇다고 짐승이란 표현을 쓰자니 영 마뜩지 않아서다. 그래서 내 마음대로 사람은 사람이고 동물은 동물로 부르련다.

　개, 소, 말, 사슴, 노루가 새나 물고기보다 더 인간 쪽으로 가까운 것은 그들이 다 함께 포유류들이기 때문이다. 어미의 자궁에서 태어나서 어미의 젖을 먹고 자란 중생들은 개나 말이나 사슴이나 사람이나 다 함께 공유할 수 있는 마음의 바탕이 아마도 있을 것이다. 그리고 그 바탕은 자궁으로부터 태어나는 일에 대한 연민일 것이다. 그래서 모든 포유류들에게는 '인륜'이라고 할 만한 것들이 존재하는 것처럼 보인다. ……개에게도 인륜이 있고, 포유류 공통의 정서와 행동원리가 있다. 이것을 견륜犬倫이라고 해야 하는가. 그리고 개와 사람 사이에도 지켜야 할 신의와 염치와 범절이 있는 것이다. 사람이 개한테 마구 하면 개가 사람한테 마구 한다.

　'개'는 말이다.

　공동주택에서의 동물 기르기에 대한 논란, 공공장소에서의 파렴치 보호자(목줄 무시, 응가 방치 등)들에 대한 분노, 사람도 버려지는 판국에 유기견의 안위에 대하여 법석을 떨어대는 것이 마땅하냐는 회의, 거지발싸개 같은 도시락을 먹는 아이들도 있는데 한 끼 밥보다 비싼 옷을 '고작' '개' 한 마리에게 입히는 것에 대한 한탄, 이런 것들을 떠나서—왜냐하면 그건 '개'와는 전혀 상관없는 즉, '개'의 의사를 전혀 고려하지 않는 사람들의 문제일 뿐이기 때문에— '개'는 말이다.

당연히 사람이 아니지만 그렇다고 동물이라 하기에도 뭣한, 속 시원히 사람도 못 되고 속 시원히 동물도 못된, 그런 존재라는 걸 시시때때로 알겠다.

개는 견딜 수 없는 것을 견뎌야 한다. 그러나 그것을 어찌 견딜 수 있단 말인가. 그렇다고 해서, 견딜 수 없다면 또 어떻게 할 것인가.

그래서 아주 오래된 비극.

일반적인 인상과는 반대로, 개들은 아무리 주인의 사랑과 보살핌을 받아도 결코 편안한 삶을 즐기지 못한다. 첫째, 자기들이 태어난 세상을 아직 만족스러울 정도로 이해하지 못하기 때문이고, 둘째 이렇게 표현해도 되는지 모르겠지만, 집과 음식은 물론 때로는 침대도 개들과 함께 사용하는 인간들의 모순적이고 변덕스러운 행동이 세상에 대한 이해를 계속 어렵게 만들기 때문이다.

『성깔 있는 개』라는 책이 있다. 헝가리의 대문호로 통하는 산도르 마라이의 소설로, 제목 그대로 성깔 있는 개와 그 성깔을 감당하시 못하는 사람 사이의 진지한 이야기인데, '그러나 우리는 인간 정서의 근본에 대해 전혀 아는 바가 없다고 고백해야 한다. 전문가라 할지라도 기껏해야 현상을 더듬는 정도이다. 영혼은 민감한 껍질 같은 것을 소유하고 있는데, 괜히 깊이 파고들어 가 그것을 훼손하는 일은 위험하고 무책임한 짓이다'와 같은 매력적인 구절이 있다.

그 책의 말미에 보면, 『성깔 있는 개』가 단순히 '개'를 사랑하는 사람들만이 아니라 자신의 삶을 돌아보고 되새기는 사람들을 위한 것이라는 역자의 견해가 나온다. 하지만 단순히 자신의 삶을 성찰하기만 하는 일에 '개'와 관련된 책들이 줄 수 있는 도움의 범위는 내가 짐작할 수 있는 한계를 넘는다. 왜냐하면 난 처음부터 끝까지 '개'를 사랑하는 사람으로서만 있기 때문이다.

이 개가 지옥에서 왔다고 계속 암시했지만, 지금까지 한 모든 일을 생각한다면, 이 개는 수호천사라고 부를 만하다. 물론 기독교 또는 비기독교 교리의 전통적인 가르침을 들이대며 반대하는 사람도 있을 것이다. 천사는 날개를 가진 존재로 묘사해야 한다는 것이다. 그러나 천사는 필요하지만 나는 것은 필요하지 않은 경우에 천사가 이따금씩 개의 모습으로 나타난다고 해서 안 될 것이 뭐란 말인가. 꼭 짖는 개여야 할 필요는 없을 터인데, 어차피 영적인 존재에게 짖는 것은 어울리지 않을 것이다. 적어도 짖지 않는 개는 천사나 마찬가지라는 것 정도는 인정하도록 하자.

딸아이가 "동물에겐 영혼이 없고, 그러니 '개'가 천국 같은 곳에

갈 일도 없다"는 지극히 종교적인 발언을 듣고 와서는 한참을 울었
다. 제길, 아이 가슴에 꼭 그렇게 못을 박아야 해?

'개'와 함께하는 삶이 무척 인상적이고 즐겁고 따뜻하고 재미나
고 우스운 건 사실이지만 반면에 하루하루가 마음의 고충이기도 하
다. 그리고 이 사실은 '개'와 더불어, 그것도 진심으로 살아본 자만
이 알 수 있는데, 다행스럽고 고맙게도 김훈과 주제 사라마구가 그
러하다. 왜 다행스럽고 고마운가 하면, 그들은 내게 일종의 이상理想
이자 장르, 로망이기 때문에. '그'와 '그'가 다른 것도 아닌 개에
대해서 '나'와 한편이라는 것이 뿌듯하다.

김훈이 현재 나의 글쓰기에 미친 영향력이 지대하다면, 나이 들
어서 되고픈 하나의 모델로는 주제 사라마구를 들고 싶다.

주제 사라마구.
오래전 한 코미디 프로그램에서 마도로스냐, 마로도스냐를 두고
바보 둘이 싸움을 했다. 그게 남의 일이 아니다. 사라마구냐 사마라
구냐를 두고 한참을 헷갈려 했으니 말이다. 어쨌든.
사라마구는 나이가 들수록, 아니 늙어갈수록 더 위대해진다. 그
의 나이 예순넷이었을 때, 불후의 명작 『돌뗏목』을 지었다. 일흔셋
일 때 『눈먼 자들의 도시』, 일흔여덟일 때 『동굴』, 여든일 때 『도플
갱어』가 나왔다.

중풍 혹은 치매를 걱정할 나이에 그 어마어마한 필력이라니. 한데 세계의 지성이라 할 만한 그가 '개'에 대해서도 온전한 이해를 보여준다. 특히나 '개'를 두고 나가는 '짓'에 대한 죄책감.

생각해보면 주인은 어떤 의미에서 해나 달 같은 존재이므로, 주인이 사라졌을 때는 참을성 있게 기다려야 하는 법이다. 물론 개는 기다리는 시간이 긴지 짧은지 알 수 없을 것이다. 한 시간과 일주일, 한 달과 일 년의 차이를 구분하지 못하니까. 개는 부재와 존재만 감지할 뿐이다.

라거나

개들이 살아가면서 가장 원하는 것은 아무도 곁에서 떠나지 않는 것이니까.

라는.

산책길에 다른 '개'들을 만나곤 한다. 외동으로 자라서인지 몰라도 대화가 꽤 길고 깊다. 어쩌면 이런 대화를 나눌지도 모르겠다.

-너는 얼마나 기다려봤어?
-아주 오래~.

아주 오래. 매우 많이. 너무 길게.

주세붕이라는 학자가 있었다. (우리나라 최초로 서원을 세운 조선 중기의 학자인데, 그 서원이 바로 백운동서원白雲洞書院이다.) 그가 이런 말을 했다.

사람의 옷을 입고 행동은 말이나 소같이 하는 자를 사람이라고 해야 할까? 짐승의 가죽을 썼지만 아름다운 마음씨를 가진 것을 그냥 짐승이라고 천하게 여겨야 할까?

그래서 기도하는 바다.

모든 개들이 내세에 사람의 몸으로 환생해서 착한 사람이 되기 바란다.

라고.

아멘.

■ 시족

우리 병원에 오시는 손님들을 관찰하면 말이죠. 개를 키우는 사람은 대개 평범하다고 할까, 상식이 있어요. 그런 면에서 고양이를 키우는 사람은 비상식적이고 이상한 타입이 유난히 많죠. 가장 무서운 사람은 새를 키우는 사람이에요. 그 사람들은 정말이지 나사가 한두 개 빠진 게 아니에요.

과연 나는 상식적인가?

착하기만 해서는 안 됩니다. 착함을 지
킬 독한 것을 가질 필요가 있어요.

아름다운 것은
독하다

무엇보다 불행한 사실은 그녀가 어떤 일에서든 자기의 의견이라는 것을 가질 수 없게 되었다는 점이었다. 물론 주위의 사물들을 인지하거나 또한 주변에서 어떤 일이 일어나는지는 알고 있었지만 그런 일들에 대해 자기 의견을 가질 수 없었고 무슨 이야기를 해야 할지 도무지 분간할 수가 없었다.

그렇게 아무런 대책도 떠오르지 않는 때가 있다. 당하고 있다는 것을 자각은 하면서도, 그 실체는 파악할 수 없는 때 말이다. 발광의 순간.

다시 말해, 인생에는 중요한 일과 사소한 일이 함께 섞여 있어. 허나 우린 항상 사소한 일만 하고 살기 때문에 우리가 하는 사소한 일들 중에 뭐가 중요한 일인지 깨닫지 못하는 거야.

병법兵法 제31계 미인계美人計

미녀를 첩자로 보내서 상대를 향락에 빠뜨린 뒤, 그 세력이 약해진 틈을 타서 승리를 얻는 전략이다. 뻔한 책략이기는 해도, 교묘히 운영하기만 하면 전장에서 직접적으로 얻지 못한 성과를 거둘 수 있다. 이른바 '폭탄이 육탄만 못하고, 총이 베갯머리를 당하지 못한다'는 것.

춘추시대, 월나라와 오나라 사이에 전쟁이 벌어졌다. 구천과 부차가 각각의 군주였는데, 결과는 월나라 패. 구천 부부는 포로가 되었고, 부차는 그들을 가둬놓은 채 온갖 잡일을 시키면서 모욕을 주었다. 하지만 구천은 견뎠다. 오히려 자신을 낮추어 부차에게 공손히 대함으로써 신임을 얻었다. 인고의 시간이 지나고 구천은 마침내 제 나라로 돌아갈 수 있게 되었다.

돌아온 구천은 복수의 의지를 불태웠다. 그때 나온 고사가 '와신상담'이라지. 하지만 구천으로서는 오나라의 강한 군사력을 도저히 당해낼 재간이 없었다. 그때 곁에서 말했다.

"깊은 물에서 노는 물고기도 향기로운 미끼에 걸려 죽듯이, 부차가 좋아하는 것으로 그의 의지를 꺾어야만 부차를 죽음으로 몰고 갈 수 있습니다."

옳다구나. 포로생활 동안 부차의 약점이 드러난 걸까? 구천은 해마다 수많은 보물과 미녀들을 바쳤고, 부차는 향락에 빠져 허우적

대기 시작했다. 그때 보내온 미녀들 중 하나가 그 유명한 서시다. 부차는 넘어갔다. 구천이 자신에게 완전히 복종했다고 믿기에 이른 것이다. 그렇게 정사도 돌보지 않고 주색잡기에만 골몰하다가, 결국엔 구천의 공격을 받고 죽임을 당했다. 쯧쯧.

미인계는 특히 상대가 강할 때 쓰는 전략이다. 누가 나그네의 옷을 벗기느냐를 두고 해와 바람이 내기한 것과 같은 맥락이리라.

'아름다움이란 표피적인 갓에 불과하다.' 이 흔한 문구는 얼마나 듣기 좋은가! 이 말은 외모가 빼어나지 않더라도 세상에 내세울 것이 많다고 생각하는 못생긴 이들이나 오랜 세월 자신의 외양을 포장하는 데 열중하다가 이제는 자신의 내면으로 사랑받기를 간절히 바라는 미남미녀 모두에게 똑같이 위안을 준다. 우리가 몇몇 진화생물학자들의 말을 믿는다면, 그 상투적인 문구의 한 가지 문제점은 바로 그 말이 진실이 아닐 수도 있다는 것이다.

아름다운 것은 선善하다. 선할 수도 있다거나 선할지도 모른다가 아니라 단정한다, 선하다고. 때때로 종종. 그러고는 열광하고 숭배한다. 저 불한당, 천하의 상놈, 에라 이 나쁜 놈. 아름다운 이들에게는 그런 말 하기 좀처럼 쉽지 않다.

외모의 아름다움만으로도 복되고 복될 텐데 하는 짓도 하나하나다 매력적이다. 재치 있는 입담에 몸가짐도 반듯하다. 게다가 패션마저 장난이 아니다.

운동선수도 국회의원도 범죄자도 하물며 귀신까지도 예쁘고 잘나야 하는 세상이다. 미美는 그 속에 어떤 악함이 있겠나 의심하게 만들고 마음 약해지게 하는 힘이다. 그리고 그 힘은 알게 모르게, 대놓고 용서받을 수 있는 든든한 배경이 된다.

병법 제7계 무중생유無中生有

가짜를 진짜처럼 꾸며서 상대를 속이는 전략이다. 단순한 기만이 아니라 허虛 속에 실實을, 실 속에 허를 두는 전략. 이 전략의 요체는 진짜와 거짓을 서로 바꾸어가면서 상대를 혼란시키는 데 있다.

당나라 중엽 현종 때의 이야기다. 재상 약국충과의 전쟁에서 패한 안록산이 사사명과 도모해 반란을 일으켰다. 많은 지방 관리들은 안록산과 사사명에게 투항을 했다. 하지만 장순張巡만은 항복하지 않았다. 황실에 대한 충성심이 깊었던 그는 불과 이삼천의 군사만을 거느리고 옹구(오늘날 하남성 기현 지방)를 지키고 있었다.

안록산은 부장 영호조와 4만 군대를 보내서 옹구를 공격하게 했다. 장순은 비록 작은 승리를 여러 번 얻긴 했지만, 적의 숫자가 압도적으로 많은 탓에 점점 수세에 몰려갔다. 무기와 식량마저 부족하게 되자 한 가지 묘책을 짜냈다. 병사를 동원하여 많은 고인(볏짚으로 만든 인형)을 만들게 한 것이다. 이 고인에 군복을 입혀놓고는 먼 곳에 진을 친 반란군의 눈에 진짜 병사로 보이게끔 했다.

밤이 되자 병사들은 이 고인을 성벽에 내걸고 끈을 움직여 성벽을 타고 가듯 천천히 내렸다. 성을 포위하고 있던 반란군이 이것을 보고 일제히 활을 쏘았다. 관군은 또다시 끈을 움직여 고인이 성을 도로 기어오르고 간혹 화살을 맞아 떨어지는 시늉을 보이다가 끝내는 모두 끌어올렸다. 이틀 밤을 이렇게 하자 수만 개의 화살이 모아졌다. 이렇게 얻은 적의 화살로 반란군이 접근하면 쏘아대었으니, 남의 떡으로 생색내기?

장순은 더 나아가 적의 허를 지르는 또 한 가지 계략을 꾸몄다. 사흘째 되던 날, 바로 그 고인 한 개를 성 밖에 떨어뜨려 반란군의 눈에 띄게 해서는 이것이 계략임을 알게 한 것이다. 하니 나흘째 밤에 장순의 진짜 병사 둘이 성벽을 타고 내려가는데도 반란군은 그저 쳐다만 보고 무시할밖에. 장순은 진짜 병사들을 일제히 성벽 아래로 내려보낸 후 성 아래 바닥에 죽은 듯이 있도록 했다. 반란군은 그것이 고인인 줄 알고 안심하고 접근해왔다. 그다음 벌어진 일이야 불 보듯 뻔. 반란군은 무수한 시체를 남기고 달아났고, 포위망도 완전히 풀리게 되었다.

논리적인 것은 옳다. 옳을 수도 있다거나 옳을지도 모른다가 아니라 아주 자주 속는다, 옳다고. 그러고는 믿어버린다, 지당하시다고. 논리는 흐트러짐이 없고 순서가 정연하고 비유도 탁월할뿐더러 때로는 달기까지 하다. 그러다 보니 대거리를 하고 싶어도 어지간한 말발로는 되로 주고 말로 받기 십상이다.

때문에 욕도 다양해지고 풍부해졌다. 말로는 안 되고 속은 터지는데, 어떻게든 모욕은 주고 싶으니까. 그 속에 어떤 허점이나 오류가 있겠나, 따져보지도 못하게 하고 내 정신을 허물어뜨리는 힘이 있다.

그 힘은 평생 반려자를 결정짓는 순간에도 아주 중요한 조건이 된다.

하지만 이렇게 생각해보면 어떤가. 내부의 실상이 기대에 부응하는 경우는 거의 없네. 진실은 십중팔구 치사하고 하찮은 것이기 마련이고, 알고 보면 결국 가장 저열低劣한 동기로 환원될 수 있는 것들뿐이야. 추정이나 환상을 가지고 있을 때가 차라리 낫네.

그렇단 말이지. 그걸 알면 더이상은 당하지 않는단 말이지. 아니 아니, 속과 겉을 뒤집어볼 줄 아는 안목 정도는 있어야 한다는 엄연한 사실의 등장. 물론 그러기엔 내가 가진 지식이 너무 짧다는 원통함도. 그러나,

모른다는 것은 나쁜 것이 아니다. 하지만 배우고 싶어하지 않는다면 그것은 나쁜 것이다. 아주 나쁜 것이다. 지식이 있는 자에게 세상은 열려 있다. 만약 아무것도 없는 사람이라면 이것 하나만은 명심해야 한다. 적어도 근면해야 한다는 사실.

그리고 하나 더.

차하기만 해서는 안 됩니다. 착함을 지킬 독한 것을 가질 필요가 있어요. 마치 덜 익은 과실이 자길 따 먹는 사람에게 무서운 병을 안기듯이, 착함이 자기 방어 수단을 갖지 못하면 못된 놈들의 살만 찌

우는 먹이가 될 뿐이지요. 착함을 이기기 위해서 억세고 독한 외피를 걸쳐야 할 것 같습니다.

좋은 놈, 나쁜 놈, 이상한 놈, 이 대세에 멋진 놈, 우스운 놈, 정신없는 놈에 실없는 놈까지. 그렇다고 독한 년에 비할까.

말이 나왔으니 말인데, 내가 아는 최초의 독한 년은 살로메다. 유대왕비 헤로디아의 딸, 살로메. 의붓아버지인 헤롯왕 앞에서 춤으로 요염을 떨어 세례요한의 머리를 챙긴 맹랑한 소녀.

착란의 변증법이란 이런 거야. 모두 아무 짓도 안하고, 아무것도 성취하지 못하고, 돈도 제대로 벌지 못하는데, 세상은 아무 일 없다는 듯 그대로 굴러간다는 거지. ……유디트는 아무 대꾸도 하지 않는다.

사는 일이 엉망이다. 그래도 끝내는 상식과 양심이 이기는 세상이기를 바란다. 그러려니 드는 생각. 어이, 김진규! 너나 잘하세요!
그래서

밤새워 일하고 내일은 한나절까지 자야겠다. 달리 무엇을 할 수 있을까. 뭔가를 창조하고 죽는 것 외엔 없다.

어쭈.

솔직히 난 믿지 않지만, 신이 존재한다
면, 신은 인간의 이해력에 한계가 있다
는 걸 이해해야만 해.

ㅇ 프롤로그

니체는 나에게 불행과 슬픔을, 그리고 불안을 자랑으로 바꿔놓는 것을 가르쳐주었고, 조르바는 나에게 인생을 사랑하고 죽음을 두려워하지 말라고 가르쳐주었다. —카잔차키스

역사는 나에게 배워서 남 주냐, 고 가르쳐주었다.

ㅇ 에피소드 1

배경과의 조화가 하도 절묘해서 자연의 일부가 될 수 있는 기계란 게 있다면 그건 단 하나, 자전거일 거라는 생각이 절로 듭니다.

스물네 살. 처음 자전거를 탔다.

아마도 '아씨, 쪽팔려!' 따위의 말을 속으로 백번도 더 넘게 했을 것이다. 그래도 가르침에 대한 그의 의지는 확고했고, 난 떨리는 발을 페달에 올려놓을 수밖에 없었다.

난리법석 며칠째, 어느 날이었다. 대형 사고가 터졌다. 발단은 그가 손을 놓았다는 것. 웬만큼 타는 것 같아 보여 그랬단다. 사실은 담배에 불붙일 시간을 벌기 위해서였겠지만.

막 가더란다. 그러더니 쾅, 하더란다. 슬로모션으로 날더란다. 브라보!

한 손으론 체인 너덜거리는 자전거를, 또 한 손으론 정신 줄 놓은 나를 질질 끌고 가면서 그가 웃다가, 한숨 쉬다가, 그랬다.

각색의 피멍으로 곱게 물든 몸뚱이가 볼 만했었다. 푸르딩딩, 불그죽죽. 철 이른 단풍이라고 해두자. 요란한 다리가 남우세스러워 그 염천에 반바지도 입지 못했다.

마흔 살. 난 아직도 자전거가 낯설다.

봉분이 쪼개지면서 산발한 귀신이 눈 흘기면서 등장해야만, 총질 칼질로 몇 사람이 죽어 나가야만, 공포가 될까?

자전거 타는데 앞뒤로 나타나는 사람들이야말로 내겐 공포다. 뭐만 보이면 서고, 뭐만 나타나면 멈추고. 게다가 딱 실격감이다. 박대환이 혹시 했을시노 노를 실수로 치자면 레인을 제멋대로 벗어나는 셈. 그러니까 5번 레인에서 헤엄쳐야 할 박태환이 4번 레인에서부터 6번 레인까지 갈지자로 헤맨다고나 할까. 도대체가 직진을 못한다. 물속이나 얼음 위도 아니고 육지에서, 앞으로 똑바로 가기가 그렇게 어려운지 처음 알았다.

○ 에피소드 2

사회생활을 하면서 싫든 좋든 많은 사람들과 관계를 맺으며 살아간다. 그러면서 사랑하되 진짜 사랑하지 않는 법도 배우게 되었다. 내가 아프지 않기 위해 시작한 그 방법은 점점 마음이 상하지만 겉으로 웃을 줄 알게 되고 기분 나쁘지만 좋은 관계를 유지하게 한다. 그러면서 나 자신에 대해 많은 후회를 하게 되고 '나는 뭔가' 하는 회의가 들게 되지만 그 회의와 후회가 많은 시간이 지난 뒤에는 조금은 기분 나쁘지만 웃어줄 수 있고 마음 상하지만 좋은 관계를 유지할 수 있게 되었다. 그것이 진실이라는 것으로 남의 마음을 해치는 것보다 어쩌면 더 나을 수 있다는 생각을 하게 된다.

"저는 사랑이 평화라고 생각하거든요."

『달을 먹다』를 두고 치명적이 아니면 사랑이 아니다, 라고 한 인터뷰 내용 때문에 곤란한 질문을 꽤 받은 터였다. 사랑의 여러 가지 속성 중 하나라고, 그저 그 하나에 몰두해 썼을 뿐이라고. 이미 때늦은 해명이고 뒷북이었다.

온통 치명적이어서 오히려 우스웠던 모양이다. 문학동네 소설상 수상작이 책으로 나오기를 기다리지 않으면 XX인데, 내 책을 읽고 오히려 XX이 되었다는 리뷰. 상처가 지속되고 있었다. 한데 사랑

을 평화라고 생각한다는 단호하면서도 맑은 목소리가 나를 의기소
침하게 했다. 내가 '치명적으로' 하찮아졌던 순간이었다.

○ 에피소드 3
　그것은 내가 우리 종교의 진실성과 신성함을 의심한 건 아니지만
타인으로부터 주어진 신앙 같은 것에 대해 내겐 권리가 없는 듯했
고, 자기가 아무런 이해도 없이 다만 어릴 때 배우고 받아들인 것은
사실 자기에게 속하는 것이 아닌 듯한 느낌이 들었기 때문이에요.
다른 사람이 우리 대신에 살고 죽고 할 수 없는 것과 마찬가지로 누
군가가 우리 대신에 믿어줄 수도 없는 것이 아니겠어요.

　꼭 닫힌 문. 닫힌 것도 모자라 꽁꽁 잠긴 문
　부수기 전에는 열 재간이 없다.
　무수한 발길질에 다리에 알이 배기고
　제발 열라 목메인 간청과 나 죽는다, 협박 섞인 고함에 목소리가
부르트고
　두드리다 두드리다 주먹 쥔 손에 굳은살이 잡히고
　그럴 만큼 시간이 흘렀어도 꿈쩍도 않는 문
　치사스러운 마음, 고단한 몸
　결국엔 부수고야 말 깃인지
　한 걸음 한 걸음 뒤로 물러설 것인지
　이도 저도 다 집어치우고 주저앉아 울어버릴 것인지

언젠간 열어주지 않겠나 입 다물고 잠자코 기다릴 것인지

아님, 하늘에 삿대질을 해대며 퍼부을 것인지

어려서부터의 신앙생활. 내 믿음이 진실인지 아님 습관인지 무척
헷갈려했던 때의 피곤함. 지금은 헷갈림 자체가 습관.

솔직히 난 믿지 않지만, 신이 존재한다면, 신은 인간의 이해력에
한계가 있다는 걸 이해해야만 해.

○ 에피소드 4

지식은 매일 바뀌는 법이야. 사람들은 자기들의 믿음을 더 강화
하길 바래. 밥을 많이 먹고 나서 드러눕지 마라. 빈속에 술 마시지
마라. 식사 후 적어도 한 시간이 지난 후에 수영을 해라, 라는 따위
말이야. 어른이 되면 아잇적보다 세상이 훨씬 복잡해지거든. 우린
자라면서 이런 변하는 온갖 사실들과 처신을 배우진 못했어. 어느
날 그런 것들이 권위 있는 위치에 있는 사람이 어떤 일을 하는 특정
한 방식이 옳은지 그른지 확신시켜주길 원해. 당분간만이라도 말이
야. 그들이 찾을 수 있는 사람 중엔 내가 가장 적합한 인물이라는 거
야. 그게 전부야.

눈싸움에 대한 오해.

주먹 대신 날린다고 생각지 마라.

돌멩이 들어 있는 눈덩이 혹은 냉동실에서 몰래 꽝꽝 얼린 눈덩이

거기에 맞아보면 그 소리 못한다.

동심으로 돌아가 의도는 순수했을 뿐이다 말하지 마라.

눈싸움으로 시작해 몸싸움으로 끝나는 동심

나 어려서 여럿 보았다.

그리고 제발,

한 개씩 던져라.

○ 에피소드 5

다른 아이들 열 달 만에 걸음마 뗐다고 자랑할 때, 내 딸은 그냥 서 있기만 했다. 그러더니 돌이 지나고 거기서 한 달을 더 보내고 나서야 걷기 시작했다. 날 닮아서 그렇다는 거 안다. 한데 나야 쉰둥이에 늦둥이라 그렇다지만, 애비에미 쌩쌩한 20대에 태어나 모유도 2년 4개월이나 자신 내 딸은 뭐란 말인가. 아, 모질기도 하구나, DNA의 힘이라!

하지만 더디게 시작해도 발전 속도는 꽤 빠른 편이다. 줄넘기 하나를 못 넘어서 몇 주일을 고생하던 아이가 지금은 쌩쌩이를 100개 가까이 한다. 어쩌면 나도 젊고 건강한 부모가 인내심을 가지고 꾸준히 가르쳐주었다면 운동신경이 이 정도로 후지진 않았을 거라고

위로하고 싶다.

매사가 그렇다. 이렇게 조금씩 조금씩 이뤄지는 법.

나는 그렇다. 그 누구보다도 그렇다. 반면 안타깝게도, '왜 못해?' 다그침을 받는 순간의 반사적인 퇴행 속도는 빛처럼 빠른 스피드 100메가, 그거다.

○ 에필로그

그는 아무것도 찾아낸 게 없었고 아무것도 몰랐다. 아는 것이라고는 자기가 아는 것이 아무것도 없다는 사실뿐이었다. 이제 그는 다시 원점으로 되돌아와 있었을 뿐 아니라 원점에도 못 미치고 있었다. 원점까지의 거리가 너무 까마득해서 그가 상상할 수 있는 어떤 결말보다도 더 나쁘면 나빴지 좋지는 않았다.

배우는 건 참 힘든 일이다. 아는 건 더 어려운 일이다.

우리는 집이 어떻게 돌아가고 있는지 하
나하나 배우고 익혀야 한다.……그렇게
해서 하루하루가 지나고 한 해 한 해가
지나면 집과 그 안에 사는 사람 사이에
는 특별한 우정이 싹튼다.

세상의
모든 집

내가 뚜껑 없는 주발 같다는 생각을 하곤 한다. 꽤 자주. 온기, 냄새…… 다 휘발되고, 그런 것이 있었다는 흔적만 간신히 남는다. 나는 점점 더 가난해지고 있다.

내 생활에 있어서 가장 크게 변한 것은 시간의 흐름과 속도, 나아가서는 그 방향이다. 옛날에는 매일, 매시간, 매분은 그 다음 날, 시간 혹은 분 쪽을 향하여 이를테면 기울어져 있었다. 그리하여 그 모두가 그 순간의 의도에 의하여 흡수되곤 했다. 잠시 동안 어떤 의도도 없을 때는 마치 무슨 공허 같은 것이 생겨나는 것이었다. 이리하여 시간은 빠르고 유용하게 흘러갔으며 보다 유용하게 쓰이면 쓰일수록 빨리 지나갔고, 그 뒤에는 내 역사라고 하는 기념물들과 찌거기더미가 남았다.

한동안 내 정서의 더듬이는 과거를 향해서만 꿈쩍거렸다. 탓하기 좋은 시간이었다. 망할 내력의 비극적 포장. 습관은 고약했다. 중중의 피해의식과 깊은 열등감 때문이었다. 벗어나고자 하는 그 비스무리한 시도, 해보지 않은 건 아니다. 그러면 그럴수록 변명과 핑계, 얼토당토않은 자기합리화가 줄줄이 흘러나와 나를 젖게 했다. 결국 난 잊기로 작정했다. 아랫니가 두 개나 빠지는 꿈을 꾼 날, 잠을 잤다는 사실 자체를 부정했던 것처럼. 하지만,

"찾으려고 노력하는 사람이 무언가를 이루는 것 같아." 로페가 말했다. "도망치는 사람은 결국 모든 걸 잃어버려."

나는 쉽게 말할 수 있는 문제가 아니라고 생각했다.

"물론 예외도 있어." 로페가 말했다. "사람은 누구나 그 두 가지 면을 모두 갖고 있어. 찾는 사람과 도망치는 사람. 내 말은 대체로 그렇다는 뜻이야. 하지만 한번 도망치기 시작하면 걷잡을 수 없어져. 계속해서 멀리 도망치게 되는 거지. 나도 도망가고만 있었어. 시궁창 같은 삶을 살고 있었지. 그러다 어느 순간 내가 끔찍한 겁쟁이라는 것을 깨달았어. 살기 위해서는 뭔가를 찾으려는 사람이 되어야 한다는 걸, 싸워야 한다는 걸 비로소 깨달은 거지."

ㄱ 무엇보다도 집.

집에 대한 가장 오래된 기억은 포도나무다. 단 한 번이라도 제대

로 열린 적이 있었던가? 완두콩만 한 초록 알맹이들이 더이상 여물지 못하고 시큰한 향기를 풍기며 하늘 총총 매달려 있던 집. 울 엄마 가끔 앉아 울던 부뚜막이 있던 집.

그리고 다락방. 눌어붙은 곰팡이 냄새와 한 줌도 안 되는 볕살. 어디든 들추기만 하면 말라비틀어진 영혼이 여남 개씩 엮인 채로 굴러떨어질 것 같은 음침 더하기 음산함. 제아무리 반듯한 것들도 그곳에선 후줄근해지고 또 괴이해질 만했다. 게다가 어떻게 움직여도, 아무리 조심해도 내 몸의 어딘가는 반드시 무언가를 건드리게 되어 있는 그 좁디좁음이라니. 뒷마당이 좁았던 국화집. 근데, 왜 국화집이지? 꼭 부둣가 선술집 이름 같잖아. 하여 물은 적이 있었다.
　-엄마! 국화가 누구야?
　-무슨 국화? 어떤 국화?
　-영란이 할머니가 만날 우리더러 국화집이라 그러니까.
　-그 국화가 그 국화여? 꽃, 국화를 두고 하는 소리 아녀. 맹추 같으니.
　엄마는 내 창의력의 부재를 야단쳤다. 그래도 그렇지. 아무리 이사 오기 전에 우리 집이 국화로 지천이었다는 것을, 그래서 오랫동안 이웃들에게 국화집이라고 불렸다는 것을 내가 무슨 수로 안단 말인지. 생전 집구석에서 국화 코빼기도 본 적이 없는 내가.

그리고 골목. 땅으로 꺼지듯이 아래로 이어진 골목.

그 골목에서 나는 유괴를 당할 뻔했었다. 납치였던가? 그날, 그는 처음으로 멀쩡한 낮이었다. 거무칙칙한, 평소의 잠바때기도 아니었다. 조금 구겨지긴 했어도 바지 속으로 단단히 집어넣은 흰 셔츠가 그를 모범생처럼 보이게 했다.

-오빠하고 놀러 가자!

저절로 한 걸음. 외면할 수 없는 깊고 짙은 눈빛. 순종하지 않고는 배겨낼 수 없을 만큼 친절하면서도 무거운 말투. 게다가 그가 타고 온 빛나는 새 자전거에서 흘러나오는 무지막지한 자성磁性까지. 나는 조금씩, 조금씩 그를 향해 전진했다. 너무 더뎠던 탓일까? 그가 자전거에서 내리려는 듯 움찔, 했다. 순간, 정신이 돌아왔다. 나는 그대로 도망쳤고, 그가 나타날 만한 장소에서마다 나를 꼼꼼히 숨겼다.

집을 두고 떠올렸다는 게 고작 저런 것들이라니. 쳇!

나는 그에게 어디로 이사했느냐고 묻지 못한다. 이제는 집이라는 형태를 띤 그리움을 갖고 싶지 않다. 내게 있어 모든 집들은 하나같이 거대한 그리움이거나 영원한 망설임이었다. 세상의 집들이 내게 드러내 보이던 배타성 앞에서 절망했던 어린 시절부터 왜 사람들은 저마다 집을 가지고 사는가를 되새겨 묻던 사춘기를 지나, 방 하나를 미련히기 위해 복덕빙을 뒤시고 나닐 때, 복덕방 간판만 보아도 콧날이 시큰해오던 이십대까지 집은 내게 불가항력의 어려움이었다. 모든 집들이 내게 박탈감을 안겨주며 등을 돌린다는 삭연함과는 달리 나는 또 세상의 모든 집들이 일제히 입을 열고 나를 삼킬 것 같은 공포도 함께 느꼈다. 그렇다. 그것은 공포였다. 그러나 더 불행한 일은 내가 집들에 대한 기대나 미련 혹은 소외감들로부터 전혀 자유로워질 수 없다는 점이었다.

작은 리어카는 책만으로도 숨차했다. 그 책들 사이사이를 비집고 흑백텔레비전과 검은 라디오, 그릇 몇 개와 비누 따위들을 박아 넣었다. 리어카가 뒷걸음질 쳤다. 나는 왜 그리도 책에 집착했던 것일까. 내 집도 아닌 곳에 그것들을 풀어놓아 뭘 어쩌겠다는 심사였을까. 세 발짝만 떼면 끝이 나는 좁은 공간. 거기서 책들은 아무것도 아니었는데.

대학 4년 동안 이사를 네 번이나 했다. 학교를 기준으로 방향은 제각각이었다. 거국적인 사건이 순서대로 일어났다. 우정이 작살났고, 연탄가스를 마셨으며, 사랑을 배웠다. 그리고 마지막, 언니 밑으로 기어 들어갔다. 집으로는 가지 않았다.

프리다가 일어나서 전화기 쪽으로 걸어가는 것을 지켜보는 사이 나는 문득 그 전화가 걸려 온 목적이 그녀에게 미소를 지어서는 안 된다고, 죽어가는 사람이 있는 집에서는 미소가 허용되지 않는다고 알려주려는 것이 아닌가 하는 생각이 들었다.

웃을 수 없는 집이 싫었다. 가끔은 웃기도 해야 하는 내가 죄스러웠다. 배부르게 먹는 일도, 내가 안 아픈 것도, 다 죄스러웠다. 집 생각만 하면 속이 상했다. 그래서 집으로는 가지 않았다.

고향이 망명지가 된 사람은 폐인이다.
출항했던 곳에서 녹슬고 있는 폐선처럼
옛집은 제자리에서 나이와 함께 커가는 흉터;
아직도 딱지가 떨어지는 그 집 뒤편에
1950년대 후미끼리 목재소 나무 켜는 소리 들리고, 혹은
눈 내리는 날, 차단기가 내려오는 건널목 타종 소리 들린다.
김 나는 국밥집 옆을 지금도 기차가 지나가고.
나중에는 지겨워져서 빨리 죽어주길 바랐던
아버지가 파자마 바람으로 누워 계신
그 옛집, 기침은 콜록콜록, 참으면서 기울어져 있다.
병들어 집으로 돌아온 자도 폐인이지만
배를 움켜쥐고 퀭한 눈으로 나를 쏘아보신 아버지,
삶이 이토록 쓰구나, 너무 일찍 알게 한 1950년대;
새벽 기적汽笛에 말똥말똥한 눈으로 깨어 공복감을 키우던
그 축축한 옛집에서 영원한 출발을 음모했던 것;
그게 내 삶이 되었다.
그리움이 완성되어 집이 되면
다시 집을 떠나는 것; 그게 내 삶이었다.
그러나 꼭 망명객이 아니어도 결국

황지우, 「타르코프스키 감독틀을이 고향」

폐인들 앞에 노스텔지어보다 먼저 와 있는 고향.

가을날의 송진 냄새나던 목재소 자리엔 대형 슈퍼마켓;

고향에서 밥을 구하는 자는 폐인이다.

고향에서 안식을 구할 수 없는 자도 다를 건 없었다. 폐인이 아닐 이유가 없었다. 하지만 어쩔 것이냐. 거기서 내가 자란 것을.

장아이링, 『경성지련』

이 세상에 태어나 만신창이가 되지 않는 감정은 없다. 그러나 둔펑과 미 선생은 집에 돌아오면서도 여전히 서로를 사랑하고 있었다. 떨어진 꽃과 같은 낙엽을 밟으며 함께 길을 걸었다. 둔펑은 우체국 앞을 지날 때 그에게 잉꼬에 대해 말하는 것을 잊지 않겠다고 생각했다.

나도 충분히 너덜거려왔다. 해진 자리를 보면서 안심하는 사디즘 적인 면모도 더불어 키워왔다. 건강하지 못했다는 이야기고, 나잇 값을 못했다는 결론이다.

하지만 나는 나를 미워하기 싫다. 더군다나 '미움'이란 것에도 내 성이라는 게 생겨버렸는지, 내가 나를 미워하는 일이 전만큼 절망 이지도 않다.

권정생, 『아리랑들꽃』

소원 하나.

내가 만약 교회를 세운다면, 뾰족탑에 십자가도 없애고 우리 정

149

서에 맞는 오두막 같은 집을 짓겠다. 물론 집안 넓이는 사람이 쉰 명에서 백 명쯤 앉을 수 있는 크기는 되어야겠지. 정면에 보이는 강단 같은 거추장스런 것도 없이 그냥 맨마룻바닥이면 되고, 여럿이 둘러앉아 세상살이 얘기를 나누는 예배면 된다. ○○교회라는 간판도 안 붙이고 꼭 무슨 이름이 필요하다면 '까치네 집'이라든가 '심청이네 집'이라든가 '망이네 집' 같은 걸로 하면 되겠지. 함께 모여 세상살이 얘기도 하고, 성경책 얘기도 하고, 가끔씩은 가까운 절간의 스님을 모셔다가 부처님 말씀도 듣고, 점쟁이 할머니도 모셔 와서 궁금한 것도 물어보고, 마을 서당 훈장님 같은 분께 공자님 맹자님 말씀도 듣고, 단옷날이나 풋굿 같은 날엔 돼지도 잡고 막걸리도 담그고 해서 함께 춤추고 놀기도 하고, 그래서 어려운 일, 궂은일도 서로 도와가며 사는 그런 교회…….

옆에서 작은 집 짓고 살고 싶다는. 뭔가를 찾아야 하기 전에, 잃는 것이 없도록 총명한 기운으로 말이다.

□ 사족

우리는 절대로 집을 가질 수 없다. 그 안에 들어와 살 뿐. 즉 '생활' 할 뿐. 어쩌다 운이 좋으면 집이랑 친해질 수 있다. 그러자면 시간과 노력과 참을성이 필요하다. 일종의 '말없는 사랑' 이랄까. 우리는 집이 어떻게 돌아가고 있는지 하나하나 배우고 익혀야 한다. 그 힘과 연약함도. 그리고 수리를 할 때 오랜 세월에 걸쳐 그 안에 자리 잡은 '생태계'를 파괴하지 않도록 주의를 기울여야 한다. 그렇게 해서 하루하루가 지나고 한 해 한 해가 지나면 집과 그 안에 사는 사람 사이에는 특별한 우정이 싹튼다. 눈에 보이지도 않고 말로 표현할 수도 없는 그런 우정이. 그때 우리는 어렴풋이나마 느낄 수 있으리라. 이 집이 절대로 우리 것이 될 수는 없지만, 우리를 평생토록 든든하게 지켜주리라는 것을.

하지만……,
ㅡ거울아! 거울아! 이 세상에서 누가 제일 미우니?
ㅡ위층.

몇 해 전인가, 내 멋대로 축복을 내린 적이 있었다. 내용인즉은,
'오전 내내 꽁꽁 언 고사리 손으로 공들여 만들어놓은 눈사람
반나절 만에 뽀개놓은 싹수없는 손모가지 위에
버짐과 튼살과 사마귀와 습진과 옴의 축복이
넘치도록 임할지어다'
그 축복, 재활용코자, 한다.
우리 개에게도 있는 염치와 배려가 도통 없는 것으로 보아 위층에서 움직이는 생물은 분명 개도 사람도 아닐 거라고, 그렇지 않고서야 '그런' 소리가 허구한 날 '그렇게' 날 수는 없을 거라고, 그리 사료되므로.

툭하면 볕 좋고 한가한 오후에, 혹은 젖
은 빨래 널러갔다가. 그렇게 부스러기로
채우던 오감五感.

영재와
둔재

　-절대음감을 갖는 분들이 음악을 하는 데 상대적으로 훨씬 더 우월하고 쉬운 건 사실인가요?

　-시작은 좋은데 결론적으로는 썩 좋은 것도 아니에요.

　-그래요?

　-예. 그분들의 문제는, 제가 시창 청음을 가르쳐보면 고민이 없어요. 음과 음을 아니까 이 음에서 이 음으로 갈 때 어떤 느낌인지를 별로 잘 모르는 경우가 있어요. 음악은 느낌인데.

　부천필 마에스트로 임헌정의 인터뷰 내용 중 일부다. 그럴 수도 있겠다. 문학의 영역으로 옮겨와본다 할 적에도 마찬가지일 수 있겠다. 재능이 없는 나도 활자와 활자를 모르므로. 그래서 이 활자에서 다음 활자로 이동할 때 심히 고민하므로.

히라노 게이치로.

1975년 6월 22일 아이치 현 출생. 명문 교토 대학 법학부에 재학 중이던 1998년 문예지 〈신조〉에 투고한 소설 『일식』이 권두소설로 전재되었다. 스물세 살 적의 일이다. 그리고 다음 해 그 『일식』으로 제120회 아쿠타가와 상 소설가 아쿠타가와 류노스케를 기념하여 1935년에 분게이슌주文藝春秋 사가 제정한 문학상으로 신인작가에게 준다을 수상했다. 이는 당시 최연소 수상 기록이었으며, 대학생의 수상이라는 의미로만 볼 때 무라카미 류 이후 23년 만의 일이었다.

곁에 나란히 서서 걸으며, 나는 그의 얼굴을 훔쳐보았다. 잔뜩 굳은, 갑작스레 준엄한 표정으로 고쳐 지은 얼굴이었다. 스무 살 정도일까. 나보다는 많아 보였지만 그렇게 나이든 것처럼 보이지도 않는데, 머리에는 벌써 상당한 백발이 섞여 있었다. 나는 그의 노력이 하도 가상해서 한동안 그 준엄한 얼굴을 쳐다보고 있었다. 그러나 금세 어이가 없어져서 시선을 돌리자니 나도 모르게 작은 한숨이 흘러나왔다. 그때까지도 전혀 줄어들 줄 모르는 채 그에게서 퐁퐁 풍기는 포도주 냄새를 맡고 있노라니, 그의 자못 경건합네 하는 얼굴 곳곳에서 마치 어설프게 마감질한 술통이 줄줄 새듯이 곤혹스러움이 비어져나올 것만 같았기 때문이었다.

김진규.

1969년 12월 29일 오산 읍 출생. 『달을 먹다』로 제13회 문학동네 소설상을 수상했다. 서른여덟 때의 일이다. 첫 기사가 한 신문의 인물란에 실렸다. 문화면도 아니고 북 섹션도 아닌 인물란에.

쪼그리고 앉아서, 거울에 비친 나의 얼굴을 노려보았다. 스물세 살. 올곧게, 초지일관 박정하기만 한 나이를 지켜워하는 표정이었다. 손바닥으로 거울을 가렸다. 아니, 쓰다듬었다. 의도적인 행동이었다. 위로였을 수도, 응원일 수도 있겠지만. 누가 알랴, 늪의 가장자리에서 늪보다 더 질척이는 그녀가 제 겨드랑이를 열어 이미 퇴화된 날개라도 끄집어낼는지. 어쩌면 통통 튀어나온 음표들이 아무래도 열리지 않는 그 겨드랑이를 간질여주기라도 할는지. 하여 냅다 웃을 수도.

그의 나이 스물넷이던 1999년. 『달』이 나왔다.

마사키는 이미 오래전부터 이 '정열'의 감각을 지니고 있었다. 그것은 그의 숙명적인 병과도 같은 것이었다. 그 병은, '참으로 살아 있다'는 감각을 위해서는, 천천히 나날을 쌓아가며 그 끝에 무언가 얻기를 기대하는 것이 아니라, 무언가 순간적 초월, 지속적이지 않은 단 하나의 순수한 앙양昻揚, 일격에 생의 모든 것을 때려부수고 뒤 한번 안 돌아볼 치열한 충동의 체험을 갈구했다. 피는, 끓는 물처럼 소용돌이치지 않으면 금세 괴어 색이 변하고 응고하고 만다. 육신은, 고통스럽도록 거세게 움직이지 않으면 곧 뜨뜻미지근한 권태의 나락에 가라앉는다.

155

'정열'은 뜨겁게 녹아 황금빛으로 반짝이는 한 덩이 유리이다. 그것을 생활에 쓰고자 한다면, 거기에 세상의 범용한 형태를 부여하고, 만만하게 손으로 만질 수 있도록 식히지 않으면 안 된다. 그렇게 식어버린 유리에 남겨진 빛은 가냘프기 짝이 없다. 이윽고 그 빛마저도 잃고 손때에 흐릿해져가서 마침내는 일상의 너무도 무의미한 순간에 뜻하지 않게 깨어져 산산조각이 나버리는 것이다.

마사키는 그것을 받아들일 수 없었다. 그렇다고 어떤 형태로 자신의 정열을 성취해야 할지도 알 수 없었다. 각오는 되어 있었다. 그러나 정열을 따르기에는, 마사키는 지나치게 지적이었다.

'정열'이 행동에 연결되려는 순간, 마사키는 그때마다 내밀었던 손을 다시 거두어들이고 한 걸음 물러서서, 바로 지금 자신이 만지려 한 곳을 바라보고 만다. 그리고 궁리하는 것이다. 참으로 만져볼 가치가 있는 것인지, 만진 뒤의 일은 어떨지, 만지지 않았을 경우엔 어떨지. 그러는 동안에 '정열'은 시시각각 식어간다. 형태를 이루지 못한 채 식어가는 것이다. 차라리 사라져버린다면 좋았으리라. 그러나 허망하게도 '정열'이 있던 그 자리에는 반드시 둔중하기 짝이 없는 추괴한 덩어리가 남고 마는 것이었다.

마사키는 그것을 참을 수 없었다. 그 둔중한 무게를 견딜 수 없었다.

내 나이 스물넷이던 1993년. 딸아이가 나왔다.

늘 잠이 부족했다. 젖을 물고 있어야만 잠을 이어가는 아가를 위해 모로 누운 채 꼼짝 못하고 있다 보면 삭신이 고루고루 저렸다. 아가는 이유도 없이 울었다. 어린 엄마는 그 아가를 품에 숨기고 밖에서 함께 울었다. 참으로 무서운 시간들이었다.

허구한 날 몸살. 내 몸뚱이 내 손으로 잘라내버려도 직성에 차지 않을 만큼 괴로워도 약을 먹지 못했다. 젖 먹이는 엄마에게 허락된 약이 많지도 않을뿐더러 설사 있대도 차마 먹을 수 없었다. 누가 뜨거운 국물에 밥만 몇 끼 해줘도 살겠다, 속으로 엄마 언니 부르며 또 울었다.

때때로 모성이 식어갔다. 모성이 본능이 아니라 성격이면 어쩌나, 밤새 걱정도 했다. 어린 엄마는 참을 수 없었다. 엄마가 되기에는 참 보잘것없는 나이를 견딜 수 없었다.

2004년. 그의 나이 스물아홉. 『방울져 떨어지는 시계들의 파문』.

원래 계기라는 것은 스키점핑대의 마지막 선과 같은 것이다. 사람을 날게 하는 것은 그 선이 아니라 긴 도움닫기이다.

나는 나도 모르는 사이에 천천히 시간을 들여가며 주위 사람들에게 나 자신을 이해시키는 것을 포기하고, 겉으로 그럴듯하고 적당히 때우기도 쉬운 '임시용 외관'에 매달리는 습관을 몸에 익혔다. 그리하여 그에 대한 반응을 관찰하고, 평판이 나쁘지 않은 것 같으면 그것을 최대한 지속시키기 위해 줄기차게 노력했던 것이다. 당연하지 않은가? 일단 그러한 외관을 몸에 걸쳐버리면, 그것이 교묘

하라노 게이지로, 「곁눈의 벼린」

하게 들어맞을수록 벗어내기가 어려워진다. 벗는 순간 아마 그때까지 그것을 맨살이라고 믿고 있던 사람들은 틀림없이 속았다고 느끼게 될 것이다. 나는 그런 상황을 상상하며 항상 두려워했다. 그리하여 나는 내 안에서도 가장 남들의 눈에 띄지 않는 곳으로 점점 더 깊이 틀어박히게 된 것이다.

1999년. 내 나이 스물아홉.

히라노 게이치로를 몰랐다. 고작 이따위 메모를 남겼을 뿐이었다.

'사랑받고 싶니 아님 인정받길 원하니 혹 그런 말도 안 되는 선택의 기회가 주어진다면 왜냐하면 사랑 없이 인정만 받아봐야 그 따위로 인해 무에 그리 뿌듯할 거며 인정 없는 사랑이란 건 허무맹랑하기가 이루 말할 수 없어 씨부렁거릴 가치도 없으니 하여간 그렇대도 그런 기회가 주어진다면 주저 없이 인정받는 쪽으로 손가락을 찌를 그 녀자는 언젠가는 알아주겠지 그 언젠가를 희망하다가 파파로 늙어 죽었는데 사실 그 녀자 젊어서부텀 흰머리가 어찌나 많았던지 진즉 할머니였던 셈이지만 살아생전 시달리던 두통이 얼마나 오지고도 남았는지 귀신이 되고 나서도 이마에 뾰루지가 삼만팔천육백오십 세 개나 되는 바람에 저승사자가 놀라 떨어뜨린 심장이 누구네 뒷마당 헛간 처마에 붙어 있던 까치집을 박살을 냈는데 다행히 빈집이었단다.'

드디어 그도 서른 줄. 2006년, 서른한 살. 『책을 읽는 방법』.

실제로 무슨 책을 읽어도 '지금까지의 자신' 이라는 껍질 밖으로 한 발짝도 나가지 못하고 오로지 한 가지 감상밖에 갖지 못하는 사람이 많이 있다. 그런 사람은 자기 스스로를 가두는 사람이며, 언제까지나 그 좁은 우리 안에서 벗어나지 못하고 그 안에서만 세계를 바라보게 될 것이다. 물론 우리는 그렇게 되고 싶지 않다.

2001년 나의 서른하나.

베란다를 벗어나지 못했다.

마루 키 큰 창과 베란다를 가르는 문지방, 밟으면 안 된다던 그 희게 돌출된 부분을 당당하게 밟고 몸을 왼쪽으로 틀어 눈길 던지면 별것없는 작은 언덕이 눈으로 들어왔다.

마루 키 큰 창과 베란다를 나누는 아까 그 문지방에 등을 동그랗게 말고, 두 팔을 무릎 위로 포개 얹어놓고 다리 저릴 때까지 웅크리고 앉아 그 언덕배기에 집중하다 보면 차근차근 건너오는 소리들을 읽을 수 있었다.

뭔 일 났니, 까치 시끄럽다. 오늘도 여전하네, 두부랑 콩나물 사라고 종 흔드는 젊은 아낙. 유치원 결석한 사내아이 놀이터 그네에 흙 뿌리며 울고. 젊은이도 노인네도 아닌 경비 아저씨 만날 하는 비질, 스억 스어억.

툭하면 볕 좋고 한가한 오후에, 혹은 젖은 빨래 널러 갔다가. 그렇게 부스러기로 채우던 오감五感.

그리고 2008년 초겨울.

서른셋 그의 글을 서른아홉의 내가 읽는다. 이 부분이 유난히 눈에 들어왔다.

언어란 작가와 타자라는 두 존재를 변수로 그려지는 이차함수의 포물선 같은 것이다. 그것은 한 가닥의 점근선으로서, 그와도, 타자와도 영원히 겹치지 않는다. 개개의 작품은 평면 위의 일정 범위에 지나지 않고, 등장인물 또한 좌표의 한 점에 지나지 않을 것이다. 작가에게 '개성'이란 것이 있다면 기껏해야 그 변수의 차이다. 나머지는 얼마나 능숙하게 그 선을 그려내는가 하는 문제가 아닐까.

히라노 게이치로.

종이 위에서 일어날 수 있는 모든 도전을 한다.

김진규.

종이 앞에서 할 수 있는 온갖 발괄을 드린다.

그는 영재고 나는 둔재다.

그럼에도 둘 다 작가로 불린다.

그게 세상이 웃기게 돌아간다는 증거다.

■ 사족

그게 누구든. 히라노 게이치로든, 스티븐 갤러웨이든, 마커스 주삭이든. 물론 나는 그들―나보다 어린―에 비해 모든 면에서 열등

하다. 그래도 자랑거리 하나가 있는데,

서정주, 「소자小者 이李 생원네 마누라님의 오줌 기운」

　소자小者 이李 생원네 무우밭은요. 질마재 마을에서도 제일로 무성하고 밑둥거리가 굵다고 소문이 났었는데요. 그건 이 소자小者 이李 생원네 집 식구들 가운데서도 이 집 마누라님의 오줌 기운이 아주 센 때문이라고 모두들 말했읍니다.

　옛날에 신라新羅 적에 지도로대왕智度路大王은 연장이 너무 커서 짝이 없다가 겨울 늙은 나무 밑에 장고長鼓만한 똥을 눈 색시를 만나서 같이 살았는데, 여기 이 마누라님의 오줌 속에도 장고長鼓만큼 무우밭까지 고무鼓舞시키는 무슨 그런 신바람도 있었는지 모르지. 마을의 아이들이 길을 빨리 가려고 이 댁 무우밭을 밟아 질러가다가 이 댁 마누라님한테 들키는 때는 그 오줌의 힘이 얼마나 센가를 아이들도 할수없이 알게 되었읍니다. ― '네 이놈 게 있거라. 저 놈을 사타구니에 집어넣고 더운 오줌을 대가리에다 몽땅 깔기어 놀라!' 그러면 아이들은 꿩 새끼들같이 풍기어 달아나면서 그 오줌의 힘이 얼마나 더울까를 똑똑히 잘 알 밖에 없었읍니다.

　같은 맛있는 시를 언제든 찾아낼 수 있다는 점이다. 이렇게 재미있는 시가 있어서 나는 소설을 쓸 수 있다. 혹여 김진규의 두 번째 장편소설을 읽게 되시거든 부디 이 시를 기억하시라.

버리는 꿈들이 무거워져갈수록 시샘과
질투도 나날이 발전했다. ……이제 뭔가
가 시작되고 있는 지금, 다시 꿈을 꿔도
되는 거겠지?

어떤 꿈

꿈.

어떤 꿈?

예를 들자면, '요가 엿새 만에 다리가 처음으로 꼬아지기 시작했는데 더는 하기가 싫어졌다. 뭘 하든 석 달은 버티는 인간이 되었으면 싶다' 할 때의 그런 꿈?

그런 꿈! 그러니까 꿈, 끝도 없는 희망사항.

o 에피소드 1

신神의 이상은 자기 힘을 다시 찾을 것을 알면서 인간이 되는 것이고, 인간의 꿈은 개성을 잃지 않고 신이 되는 것이다.

혹시 다 아는 이야기?

A. 말로, 『인간 조건』

고대 중국 진晉나라 임금 문공文公이 19년 동안 망명생활을 할 때였다. 누구도 거들떠보지 않는 개밥그릇 속 도토리 신세에 '개자추介子推'라는 신하 하나만이 그를 따라다니며 충심으로 보필했다. 문헌에는 개자추가 굶주린 임금에게 제 허벅지살까지 에어내주었다고 적혀 있다고 한다. 그랬건만.

문공은 개자추를 잊었다. 나라를 되찾고 나서 수많은 사람을 등용하면서도 오로지 개자추만을 까마득하게 잊었다. '한낱 잊힌 인물'에 불과한 개자추는 금전산錦田山으로 들어가 자신을 감추었다.

뒤늦게야 문공이 사람을 시켜 산속을 뒤졌다. 하지만 개자추는 나타나지 않았다. 그러자 문공, 산에 불을 질러버렸다. 개자추 스스로 산을 나오게 하려는 뜻으로. 하지만 그 불이 문공에게야 '어떻게든'을 의도한 마지막 수단이었는지 몰라도 개자추에게는 그 마지막이 통하지 않았다. 끝내 나오지 않고 나무 한 그루를 부둥켜안고 타죽은 것이다. 사람들은 그날을 기억하고자 했다. 하여 해마다 그날만은 불을 피우지 않고 모두 찬밥을 먹었는데, 이것이 한식寒食민속의 발생이라고 한다.

하나가 더 있다. 학자들이 명명한 '개자추 콤플렉스.' 이는 내뜻, 내 주장, 불평과 불만을 나를 들볶아 고생시키는, 이른바 자학으로 내향 처리하는 경우, 그러니까 '나를 피해자로 만들어 타인의 동정을 유발하는 심리'를 이른다고 한다.

그러나 나는 이 사건에서 종교를 보았다. 자신만의 가치를 위해 순교를 택했다는 점에서, 해결할 수 없는 죄의식을 남겼다는 점에서.

쯧. 그만큼 찾는 거 같으면 못 이기는 척하고 나가고 말지. 나가서 욕을 해주든지, 몸으로 한판 붙든지, 것도 아님 소맷자락 부여잡고 당신 너무했어, 통곡이라도 하든지. 그리고 끝내지.

여하간, 그리하여, 자살의 형식을 빌린 타살의 비참함을 타산지석으로 삼아, 내 꿈은 자연사自然死.

○ 에피소드 2

그녀는 미세하고 정확한 마이크로 칩과 같다. 그녀의 손길만 닿으면 모든 것이 정돈되고 순수해지며 깨끗해진다.

내 평생 들어 받잡을 만한 문장이라고 믿어 의심치 않았다. 결국엔 깊은 환상이고 지나친 착각이라고 결론이 났지만 말이다. 글자를 덮은 형광 분홍색의 발광이 잦아드는 동안 나는 나대로 착실하게 너절해져온 셈이다. 매사와 범사에 결벽과 완벽을 꾀하는 B형 곱슬머리의 남자와 살다 보니 때때로 절망이다. 특히나 문서와 걸레 앞에서.

아, 이제는 온전히 놓아야 할 꿈.

○ 에피소드 3

"당신은 2등 인생의 특징을 아십니까? 그들은 다른 누군가가 이루어놓은 업적에 분개하지요. 그런 소심한 사람들은 누군가의 업적이 자신의 것보다 더 훌륭하다고 판명이 날까 봐 두려워 벌벌 떨고 있는 겁니다. 하지만 그들은 당신이 정상에 올라서 느끼는 외로움에 대해서는 전혀 알지 못합니다. 사람들이 존경하고 감탄하는 업적만큼이나 큰 외로움이지요. 그들은 쥐구멍에서 나와서는 당신에게 이빨을 드러내고 으르렁거립니다. ……그들은 당신이 이루어놓은 업적을 부러워합니다. 그들의 꿈이란 자기보다 능력이 떨어지는 사람들로 가득 찬 세상을 이루는 것이죠. 하지만 그런 꿈이야말로 자신의 평범함을 드러내는 것이란 사실을 깨닫지 못합니다. 왜냐하면 뛰어난 사람들은 평범한 사람들이 꿈꾸는 세상을 견뎌내지 못하기 때문이죠. 자신보다 멍청한 사람들로 둘러싸여 있다는 것이 어떤 기분인지 범인들은 짐작조차 못하지요. 증오의 기분일까요? 아닙니다. 증오가 아니라 무료함이지요. 그것도 지독하고, 전신을 마비시켜버릴 만한 희망 없는 무료함 말입니다."

발레리나가 되고 싶었다. 하지만 내 체격은 날이 갈수록 후져갔고 나는 그 꿈을 포기할 수밖에 없었다.

선생님이 되고 싶었다. 하지만 내 성질은 날이 갈수록 망해갔고 나는 그 꿈도 포기할 수밖에 없었다.

버리는 꿈들이 무거워져갈수록 시샘과 질투도 나날이 발전했다. 마이너리그가 지겨웠다.

이제 뭔가가 시작되고 있는 지금, 다시 꿈을 꿔도 되는 거겠지?

○ 에피소드 4

더 많은 것들이 발견될수록 모르는 것은 더욱 많아진다.

딱 두 달 일했던 출판사. 야단맞고 지적당하고 그러느라 하루가
짧던 시절. 심부름이 떨어졌다. 아래층 총무부에 가서 어디어딘가
로 팩스 보내는 일이었다. 덩치 좀 나간다는 출판사였음에도 총무
부 방에만 팩스가 있었으니 내가 늙었다는 사실이 이런 데서 티가
난다.

어쨌든 의기양양하게 내려가기는 했는데 생각해보니 팩스를 구
경조차 해본 적이 없는 나였다. 본 적이 없으니 보낸 적이 있을 리는
더 만무. 심장이 살을 뚫고 나오려는 걸 다독이며 들어서니, 다행스
럽게도 방에는 낯익은 여자 선배만 혼자였다. 하늘이 나를 돕는구
나. 잠깐의 희희낙락이 지나갔다.

한데 이 선배, 팩스 보내러 왔다는 말에 고개만 까딱하고는 나를
쳐다보지도 않는 거였다. 자존심에 묻지도 못하고 팩스기에 깨알같
이 써 붙어 있는 설명서에 의지해 과감하게 시도를 시도. 대강 이런
뜻인가 보다 지레짐작하고 마구 떨리는 손가락으로 번호를 조심스
럽게 누른 다음, 가던 신호가 멈추자마자 기계에 대고 아주 우렁찬
목소리로 외쳤다.

─팩스 가요…… 받으세요……! 팩스 가요…… 받으세요……!

그렇게 몇 번을 질러대다 고개를 들어보니 의아한, 다행히도 의
아한, (비웃는, 이 아니고) 그저 의아한 표정으로 나를 보던 선배 왈,

-요즘 팩스는 말도 알아듣나?

나의 무식함이 적나라해지면, 부디 투명인간이 되게 해주소서.

○ 에피소드 5

서로 속이면서, 게다가 이상하게도 전혀 상처를 입지도 않고, 서로가 서로를 속이고 있다는 사실조차 알아차리지 못하는 듯, 정말이지 산뜻하고 깨끗하고 밝고 명랑한 불신不信이 인간의 삶에는 충만한 것으로 느껴집니다.

최근의 내 꿈은 깨끗하고 맑고 자신 있게 욕하는 것. 미친 삼월이 머리 풀어헤치고 널뛰듯이 돌아가는 세상에서 의식과 양심은 있으나 무식하고 비겁하게 살아가는, 그런 자의 뒷담화 말이다.

□ 사족

본문에서처럼 끝도 없는 희망사항을 꿈이라 했을 때, 희망하는 사항들의 목록은 수월한 일과日課, 충족되는 자존심, 안정적인 심리 상태 등등을 목표로 하게 마련이다. 하지만 '돌발'은 어디에나 있다. 꿈에도 생각 못한 일, 말이다.

이런 경우.

그러나 집안을 다스리는 것보다 더 가혹하고 덜 너그러운 일은 없었다. 그녀는 항상 남편이 빌려준 인생을 살고 있다고 느꼈다. 그는 자신만을 위해 건설한 거대한 행복의 제국을 다스리는 절대 군주였던 것이다. 그가 이 세상 그 누구보다, 그리고 그 무엇보다 그녀를 사랑하고 있다는 것은 잘 알고 있었다. 그러나 그것은 오로지 자기를 위한 것이었으니, 그녀는 남편의 신성한 하녀에 불과했다.

전업주부로서의 정체성을 세우지 못하고 나 스스로를 식민백성, 장원의 노예 혹은 소작인으로 몰아붙여 자멸하려 한 적이 있었다. 그것은 사랑, 애정, 모성을 넘어서는 절망이었다. 우등생은 아니었어도 꽤 모범적이었던 학창시절, 앞으로 그런 시간이 있을 거라고 상상이나 했겠는가. 꿈에도 말이다.

그리고 이런 경우.

주인은 오랜만에 메이테이 선생한테 한방 먹였다는 생각에 득의양양했다. 메이테이 선생의 눈으로 보면 주인의 가치는 고집을 부린 만큼 하락한 셈인데, ……이상하게도 고집을 부린 본인은 죽을 때까지 자기 체면을 세웠다고 굳게 믿고서 그 이후 남이 경멸해서 상대해주지 않는다고는 꿈에도 생각지 않는다. 행복한 사람이다. 이런 행복을 돼지의 행복이라고 부른다고 한다.

이런! 꿀꿀.

어떤 날은 아무런 관계도 없는 사람을
몇 번씩 마주친 적도 있었다. 하지만 결
론은 언제나 외면 또 외면. 그렇다고 눈
뿐만 아니라 말로도 이어가는 관계 속에
는 어색함이 없느냐.

그리고 마음에 든다는 말이 모호한, 또는 산란한 의미를 띠고 있었음이 금방 분명해졌다. 라이문두가 미지근하게 마음에 든다고 말했으니까. 그가 이 말을 하는 순간, 단어들이 차갑게 식었다.

- 내 칼럼(을 빙자한 엉터리 잡설) 읽어?
- 그럼, 진규야. 것도 꼬박꼬박.
- 어떻게 생각해?
- 있잖아, 진규야. 참 인간적이야.

그때 깨달았다. 평소 내 글이 내 눈에 왜 그리도 어색했는지. 글을 이용한 위선이었다.

그는 한 섬에서 한두 달 이상은 절대로 머물지 않았다. 한두 달이라는 기간은 그 좁은 지역에 살고 있는 사람들이 그에 대해 너무 많은 것을 알기 전에 그가 그 장소에 익숙해질 수 있는, 딱 그만큼의 기간이었다. 어느 날 어떤 멍청이가 그에게 "어이, 애송이, 자넨 도대체 뭘 해서 먹고사나?"라고 물어올 때면, 그는 이제 더이상 꾸물거리지 말고 떠나야 할 때가 되었다는 걸 알았다. 게다가 뭘 해서 먹고사냐니? 그건 정말 어이없는 질문이다. 당신도 그런 질문을 받아본 적이 있는가? 그건 살아 있다는 사실 하나만으로는 충분하지 않다는 것을 실감하게 하는 질문이다. 그 질문은 삶 자체를 하찮은 것으로 만든다. 만약 이렇게 말하는 게 가능하다면, 그 질문은 삶을 부차적인 것으로 밀어낸다. 살아 있다는 것만으로는 충분하지 않다는 듯이. 또 다른 공물을 지불해야 한다는 듯이.

맥락상 '공물'에서 두 가지 의미를 떼볼 수 있다. 하나는 공물供物. 신령이나 부처 앞에 바치는 물건을 이른다. 그러니까 종교적 예물이란 뜻일 것이다. 다른 하나는 공물貢物. 중앙관서와 궁중의 수요를 충당하기 위해 여러 군현에 부과, 상납하게 한 특산물을 말한다. 『조선왕조실록』에 보면, 1397 정축 태조 6년 8월에 수재를 당한 경상도 군현에 공물과 조세를 감면해주었다는 기록이 있다. 그렇다고 공물이 나라 안에서 난 물산에만 해당하는 것은 아니다. 고려와 조선시대에 걸쳐 중국으로 바치던 여인네들에게도 공식적으로 공녀貢女라는 명칭이 따라갔다.

그렇다면 내가 지불해야 하는 것은 공물供物과 공물貢物, 둘 중 어느 쪽일까? 원서에는 무어라고 되어 있을까? 대상은 달라도 '떡값'이라는 공통점이 있으니 둘 다일까? 하지만 나는 '제물'이라는 단어가 더 가깝지 않겠느냐, 그렇게 이해했다. 원래야 제사 음식을 뜻하지만 비유적으로 희생물을 일컬을 때 더 많이 쓰이는 단어, 제물. 먹고살기 위해 희생해온 것들을 추모하는 의미에서 말이다.

뭔가 어색한 느낌이 들 때 그걸 피하는 방법을 몰라서 무턱대고 그 어색함을 철저하게 파고들 수밖에 없는 슬픈 습성을 요조는 지니고 있었다.

오래전 우연히 보게 된 UCC 하나. 해외의 어느 한인교회 성가대가 예배 시간에 그룹 퀸Queen의 〈보헤미안 랩소디Bohemian Rhapsody〉를 부르는 동영상이었다. 이런. 불편했다. 서정적인 피아노 반주 몇 마디 후에 엄마, 나 막 사람을 죽였어요, 라는 고백이 주었던 충격을 잊지 못하던 탓이었다. 하긴 성서에서 죽고 죽이는 일이 뭐 그리 특별한 사건이라고, 그 정도쯤이야. 그래도 그렇지, 뭔가 겉돌고 있다는 느낌.

뒤이어 터져 나온 비스밀라Bismillah 부분에서는 곤혹스럽기까지 했다. 비스밀라가 '베 에스메 알라' 즉 '알라의 이름으로'의 줄임말 아니겠는가 해서. 아는 척 좀 하자면 내가 전공한 페르시아어의 '베 너메 코더'와 통한다.

물론 안다. 하나님이 갓God이자 알라Allah라는 것. (알라는 하나님의 아랍어 표기입니다. 하나님을 나타내는 외국어로는 인도어의 데바Deva, 영어의 갓God, 한자어의 유일신唯一神, 라틴어의 데우스Deus, 히브리어로 야훼Yahweh 등과 같이 아랍어로 알라Allah입니다. 그러므로 '알라신'이란 말은 '하나님신'이란 뜻이니까 크게 잘못된 표현입니다. 이슬람의 신이 유일신이 아닌 다신교라는 오해를 불러일으킬 수 있기 때문입니다.—이희수, 『어린이 이슬람 바로 알기』) 그러니 어차피 같은 하나님을 부르는 거라면 종교 화합의 차원에서 God 대신 Allah가 등장한 것이 그리 몹쓸 짓만은 아니라는 것도. 그럼에도 느껴지는 어색함. 그것은 아마도 내가 심심유곡 사찰에서 〈나 같은 죄인 살리신 그 은혜 놀라워〉를 기대하지 않는 것과 같을 것이다.

하지만 기대하지 않아서 잠시 놀란 일을 무언가를 포용하지 않는 핑곗거리로 삼을 수는 없다. 크로스오버, 퓨전, 쓸 만한 명분도 많다. 그러니 편하게, 그렇게 받아들이면 된다.

그러나 어색함이 사람과의 관계로 들어가면 얘기는 달라진다.

눈으로만 서로를 잇는 사람들끼리의 관계보다 더 미묘하고 더 까다로운 것은 없다. 날마다, 아니 매시간 서로 우연히 만나기도 하고 쳐다보기도 하지만 인습이나 자신의 기우 때문에 인사나 말을 건네지 않고 짐짓 냉담한 낯섦음을 가장한 채 뻣뻣이 있을 수밖에 없는 것이다. 그들 사이엔 불안감과 극도로 자극된 호기심이 있다. 그들 사이엔 인식과 교환에 대한 욕구가 불만족스럽고 부자연스럽게 억

압되어 생겨나는 히스테리, 즉 일종의 긴장된 존중의 감정이 있다.

외대 이문동 캠퍼스는 좁다. 재학생이나 졸업생이 아무리 눈 흘기며 웅성거려도 어쩔 수 없다. 좁은 건 좁은 거다. 널찍하니 호연지기를 키울 만한 고등학교에서 3년을 버틴 나는 그 협소함을 더 크게 느끼고는 했다.

어떤 날은 아무런 관계도 없는 사람을 몇 번씩 마주친 적도 있었다. 강의실 복도에서, 분수대 벤치에서, 본관 앞길에서, 후문 식당에서 그리고 도서관 로비에서 하는 식으로. 해 떨어질 즈음이면 통성명의 유혹이 일면서 악수라도 하고 싶어졌다. 하지만 결론은 언제나 외면 또 외면. 그렇다고 눈뿐만 아니라 말로도 이어가는 관계 속에는 어색함이 없느냐.

식사가 끝날 무렵이면 그가 즐겨 유발하고 계속되게 하며 그의 볕에 탄 얼굴이 가벼이 물드는 웃음의 와중에, 나는 내 위로 미끄러지는 그의 시선 속에 불현듯 가벼운 홈 같은 것이 자리 잡는 것을, 즐거운 무리의 화합으로부터 나를 말소하고 건너뛰고 제외하는 불편함의 그림자가 지나가는 것을 보았다. 이제부터 우리는 움직이든 가만히 있든 한결 불편한 차원에서만 서로에게 볼일이 있을 것처럼 생각되었다.

이모는 쌀쌀맞았다. 모르겠다. 엄마의 이복 아우라서 그랬을 수도 있겠고, 식모까지 부리고 살 만큼 여유를 누리는 자의 오만이었을 수도 있겠고, 성정 자체가 뾰족해서 그랬을 수도 있겠다. 모질었던 기억 몇 개.

겨우 일고여덟 살밖에 안 됐던, 나는 파를 못 먹었다. 몸에 좋은 건 꼭 가리려 든다고 야단도 많이 맞았지만, 그래도 엄마가 파를 내 입으로 쑤셔 넣는 험한 상황은 벌어지지 않았다. 한데 그 말을 들은 이모가 국 대접에 다른 건더기 하나 없이 대파로만 3분의 2를 채워 놓고 먹으라고 했다. 국물이 줄지 않았다. 눈물로 도로 찼으니까.

이모네 근처에서 살던 내 또래의 친척남매가 놀러왔었다. 잘 먹고 잘사는 게 분명한 멀끔한 도시 아이들이었다. 그 둘이 편을 먹고서 촌년인 나를 대놓고 놀려댔다. 너는 이런 거 모르지, 너는 이런 거 못 봤지, 기타 등등 레퍼토리를 바꿔가면서. 하지만 이모는 말리지 않았다.

잘나가던 이모 집에는 진짜 전나무로 만든 크리스마스트리도 있었다. 70년대였다. 천장에 닿은 나무는 완벽한 환상이자 꿈이었다. 그 나무 앞에서 찍은 사진도 있다. 이 빠진 까만 얼굴에 비뚤어진 웃음이 가득한 커트머리 계집아이. 언니가 얼른 와서 나를 집으로 데려가게 해달라고 기도했다. 나는 이모 집이 힘들었다.

아이들은 친척이라면 누구나 미심쩍어했다. 친척들은 예민한 문제이고, 음침하고 복잡한 과거의 일부이며, 삶의 분열상들이고, 말한마디 이름 하나면 다시 표면으로 떠오를 수 있는 기억들이었다.

난 친척이 불편했다. 가족도 아니고 남도 아닌 그 어지중간. 파악할 수 없는 촌수의 헤아림 속에서 툭툭 튀어나오는 수많은 아주머니와 아저씨들. 어려운 것이 지천이었던 유년에 그들이 아무런 위안이나 도움이 되지 못했기 때문이라면 너무 이기적인 생각일 수도 있겠다. 하지만 특히나 흉과 허물에 대해 속속들이 알고 있으면서도 만나서는 한껏 예를 뽐내야 하는 그 시간이 나는 견딜 수 없었다. 싹수없는 년이 되는 것은 시간 문제였고 나는 성공했다.

영 마뜩지 않은 종자, 그것이 오랜 친척들이 보는 나의 여일한 모습이다. 어쩌면 내 이런 무례하고 시건방진 태도의 원인이 내가 여직도 과거와 화해하지 못하는 데 있을는지도 모르겠다. 왜냐하면 친척이 바로 그 과거의 영역에 존재하고 있기 때문이다.

하지만 그 모든 것을 떠나, 나는 삶 자체가 어색하다.

우리는 이런저런 도시에서, 이런저런 직업을 갖고, 이런저런 가정에 산다. 하지만 우리가 정말로 사는 곳은 어떤 장소가 아니다. 우리가 진짜 살고 있는 곳은 우리가 하루를 보내는 그곳이 아니라, 무엇을 희망하는지도 모르면서 우리가 희망하는 그곳이며, 무엇이 우리를 노래하게 만드는지도 모르면서 우리가 노래하는 그곳이다.

게다가,

말하자면 내가 당연하게 속할 만한 마땅한 사회 계층이 없었던
것이다. 그리고 이런저런 기회에 자연스럽게 사람을 알게 된다는
것은 흔치 않은 일이었으며 그런 일이 있다 해도 내 자신의 잘못이
긴 하지만 너무 피상적이고 냉랭했다. 그런 경우에 나는 자신없이
뒤로 물러나 불편한 마음으로 타락한 화가하고라도 내가 누구이며
어떤 사람인가를 짧고 분명하게 말해서 나를 알아주도록 만들어야
하는데 그렇게 할 수가 없었던 것이다.

도리가 없다. 삶이 어색한 사람끼리 어울리는 수밖에. 예를 들자
면 내 남편 같은. 또는 친구 B양이나 E양 같은.

사랑으로 치유되는 상처보다 사랑 때문
에 생성되는 상처가 더 크고 많다. 평화
를 유지시켜줄 만한 힘도 없으면서 사랑
이 누리는 권위가 지나치다.

봄날의 굿을
슬퍼하다

아프리카 마다가스카르 섬에 별 희한한 걸 다 훔쳐 먹는 나방이 있다고 한다. 바로 눈물인데, 잠든 새의 눈꺼풀 사이로 대롱 모양의 입을 슬쩍 집어넣어 빨아 마신다고 한다. 이유는 평범하면서도 허무하다. 염분 섭취. 나방도 나방이지만 더 웃기는 건 새다. 열대의 나라에서 겨울잠 들어가는 것도 아닐 텐데 제 눈물 강탈당하는 것도 모르고 곯아떨어진 한심지경의 둔함이라니. 아니 잠깐, 적선하는 것일 수도 있으니 섣부른 추측은 금물이려나. 어쨌든 내막은 재미없다.

나도 종종 훔쳐 먹는다. 눈물을? 무슨, 나한테도 넘쳐나는 그 따위를 가져다 무에 쓰려고. 사람을 훔친다. 낳을 수도 없고 만들어낼 능력 또한 없으니 훔칠 수밖에 없다.

시는 훔치기 좋은 영감靈感의 땅이다. 온갖 곡식이 꽉꽉 들어차 있으면서도 문단속은 허술한, 아니 아예 문 따위 달아놓지도 않은 곳간 같은 곳이다.

마을 사람들은 되나 안되나 쑥덕거렸다.
봄은 발병 났다커니
봄은 위독危毒하다커니

눈이 휘둥그래진 수소문에 의하면
봄은 머언 바닷가에 갓 상륙해서
동백꽃 산모퉁이에 잠시 쉬고 있는 중이라는 말도 있었다.

그렇지만 봄은 맞아 죽었다는 말도 있었다.
광증狂症이 난 악한한테 몽둥이 맞고
선지피 흘리며 거꾸러지더라는……

마을 사람들은 되나 안되나 쑥덕거렸다.
봄은 자살했다커니
봄은 장사지내 버렸다커니

그렇지만 눈이 휘둥그래진 새 수소문에 의하면
봄은 뒷동산 바위 밑에, 마을 앞 개울

근처에, 그리고 누구네 집 울타리 밑에도,
몇 날 밤 우리들 모르는 새에 이미 숨어 와서
몸 단장丹粧들을 하고 있는 중이라는
말도 있었다.

이 시에서 나는 한 사내를 훔쳐냈다. 『달을 먹다』의 '여문'이 그
다. 미치기 좋은 봄밤을 탁한 사내.

여문은 소설에서 가장 속 터지는 인물이다. 형제 많은 집의 늦둥
이 막내라면 으레 갖추기 마련인 나약함, 의기소침, 우유부단, 의
존성으로 가득한 전형적인 답답이. 게다가 유복자로서 어머니에 대
한 부담까지 그의 성격과 기질은 환경에 휘둘린다. 그것은 일생의
사랑 향이를 만나고도 달라지지 않아서, 여문은 내색 한번 못해보
고 상심으로 자해한다. 사막화의 가속화.

그것은 어디까지나 마음속에만 품고 있는 생각이었다. 그 모든
것의 잠재성은 '만약에 할 수만 있다면 진정으로 해보고 싶다'라는
가정에 묶여 있을 뿐이고, 조나단은 마음속으로 여러 가지 잡다하
게 끔찍한 생각들을 하면서도, 그와 동시에 자신이 그런 짓을 절대
로 할 수 없으리라는 것을 잘 알고 있었다. 그는 그럴 인간이 못되었
다. 정신적인 곤궁함과 혼란스러움과 혹은 순간적인 증오로 범죄를
저지르는 그런 정신착란자는 아니었다. 그리고 그것은 범죄가 잘못
되었다고 생각해서 못하는 것이 아니라, 단지 행동으로 실행하거나

혹은 말로도 '내뱉을 능력이' 없기 때문이었다. 그는 행동하는 사람이 아니었다. 참아내는 사람이었다.

하지만 절망이 더께로 앉아가던 시간은 그에게 스스로를 거스르고 거역할 힘을 부여한다. 살인. 정신착란이어서 그런 것이 아니라 정신착란이 될 수 없어 저지른 살인이었다. 제 입으로 발설하지 않고는 그 누구도 모를 살인이었다. 그래서 이생의 법적인 형벌에서 완전히 비껴간 살인이었다. 그는 그렇게 살인자가 되고 나서야 온전히 정신착란에 성공한다.

우리는 살아가면서 모두 어떤 때 실수를 한다. 어떤 사람들은 다른 사람들보다 더 큰 실수를 한다. 그 대가가 인간의 생명으로 계산될 때만 사람들은 진짜로 그것을 알아차린다.

향이를 죽게 만든 것은 여문의 침묵이었지만, 향이의 존재 자체도 불완전했다. 향이는 향기다. 실체가 없다. 그리고 시한부다. 하지만 난이. 난이는 꽃이다. 향기의 육화다. 존재한다. 놓친 것, 잃은 것만을 참아오던 여문은 두 번째 기회를 움켜잡는다. 실재實在하는 것을 도우라. 그 실재를 위하여 여문은 매를 견딘다. 하여 난이는 살아남는다.

조물주가 이 세상 모든 것을 다 잘 만들어나간다는 것은 거짓말이다. 조물주는 아무에게 무슨 일이나 일어나게도 하고 자기가 하는 일이 무엇인지조차 모르기도 한다. 때로는 꽃이며 새를 만들기도 하지만 또 어떤 때는 다시는 내려갈 수도 없는 칠층 꼭대기에 유태인 여자를 있게 만들기도 한다.

그랬다. 또 어떤 때는 문 닫은 약국의 허물어진 반쪽에 실성한 사내가 숨어 있게 만들기도 했다. 사랑을 위해 살인도 마다하지 않았지만, 정작 스스로는 죽을 용기가 없어서 대신 장애를 선택한 반半미치광이를 말이다.

김준혜, 「사랑굿 18」

점을 쳐 괘를 푸니
욕심따라 성급히
서둘지 말고
마음을 정히 닦아
푸닥거리나 하라 한다

오늘 하루 마음대로
너를 사랑해
만남 지옥 헤어짐 지옥
질끈 묶어서
모든 지옥
구석구석 잊어나 보란다

불 갖추고 못한 사랑

장생불사 오만 잡귀야

귀신놀음은 고만

간도 피도 다 말리고

말릴 게 없어

말릴 게 없어

형벌하며 하는 말

푸닥거리나 하라 한다

굿, 하니 떠오르는 거라곤 고작 진도 씻김굿하고 남해안 별신굿 정도. 호기심에 자료를 뒤져보니 어마어마하다.

먼저 형태를 따져서는 개인굿과 마을굿으로, 기능을 따져서는 경사굿, 우환굿, 신굿으로 가른다. 개인굿으로서 행해지는 경사굿에는 재수굿이, 우환굿에는 치병굿과 저승천도굿이 있으며, 신굿은 내림굿이라고도 한다. 그리고 마을굿은 지역에 따라 별신굿, 당굿, 도당굿, 대동굿, 만동굿, 선황굿, 배연신굿 등으로 불려진다. 대강 겉만 훑었는데도 몇 줄이 넘어간다.

그저 그런 시골이었던 내 고향 궐 2리에서도 간혹 굿판이 벌어지곤 했다. 입술이 붉었던 그 무당이 이리도 복잡한 계통을 꿰고 있었음이 놀랍다. 자신만의 내력으로 저렇게 부상한 그녀가 제 신을 조를 때 그녀의 몸은 지옥의 숙주였다.

세상에 필연은 없다. 우연이 필연인 척 가장하고 다가오거나, 반

복되는 우연을 필연으로 오해하거나, 우연한 선택의 불안함을 필연
으로 포장하거나, 운명에 대한 희망을 필연으로 착각하거나, 필연
이 없어선 도저히 안 되겠으니 그냥 믿어버리거나. 그럼에도 비극
의 필연을 찾기 위해 그녀는 방울을 흔들고 자지러지는 바라소리에
흙을 굴렀다.

사랑굿. 사랑과 굿, 두 단어의 조합이 놀랍다. 결국 사람의 사랑
질이란 푸닥거리일 수밖에 없으므로. 거룩한 예배나 엄숙한 제사가
아닌, 목숨을 내걸고 하는 최후의 푸닥거리일 수밖에 없으므로. 사
랑 얘기, 정말 하기 싫지만.

처음 본 모르는 풀꽃이여, 이름을 받고 싶겠구나
내 마음 어디에 자리하고 싶은가
이름 부르며 마음과 교미하는 기간,
나는 또 하품을 한다

모르는 풀꽃이여, 내 마음은 너무 빨리
식은 돌이 된다. 그대 이름에 내가 걸려 자빠지고
흔들리는 풀꽃은 냉동된 돌 속에서도 흔들린다
나는 정신병에 걸릴 수도 있는 짐승이다

흔들리는 풀꽃이여, 유명해졌구나

그대가 사람을 만났구나
돌 속에 추억에 의해 부는 바람,
흔들리는 풀꽃이 마음을 흔든다

내가 그대를 불렀기 때문에 그대가 있다
불을 기억하고 있는 까마득한 석기 시대,
돌을 깨뜨려 불을 꺼내듯
내 마음 깨뜨려 이름을 빼내가라

내 마음 깨뜨려 네 이름을 빼내가라. 내 의식 갈라내 너를 도로 찾아가라.

나이 마흔에 아직도 사랑이 무섭다. 사랑으로 세 치 혀의 모진 놀림을 막을 수도 없고, 사랑으로 밥벌이의 수고가 덜어지지도 않으며, 사랑으로 욕심과 욕망이 선해지지도 않는 데다, 사랑으로 치유되는 상처보다 사랑 때문에 생성되는 상처가 더 크고 많다. 평화를 유지시켜줄 만한 힘도 없으면서 사랑이 누리는 권위가 지나치다. 그래서 사랑이 무섭다. 그럼 사랑을 말아?

카프카가 그랬다. 진실한 길은 공중 높이 팽팽하게 당겨진 줄 위기 이니라, 땅바닥 바로 위에 낮게 쳐신 줄 위로 나 있다고. 그래서 딛고 가게 되어 있기보다는 오히려 걸려 넘어지게 되어 있는 듯하다고.

까짓 거 넘어지지 뭐. 그러다 다치기도 하고. 그래서 궂은 날이면
번번이 쑤시고 아플 흉도 갖고.

◻ 사족

이상하다. 시를 옮겨놓고 나면 꼭 시인들한테 미안해진다.
당연하다. 천상의 보물을 한낱 시정의 모리배가 더럽혀놓았으니.

글질은 교훈적이지 못하고 사실을 순순
히 따르지도 않으며 이론과도 싸우지 못
한다. 또 설교를 받으면 죽어버린다.

허약한
글질

뻥에는 두 가지가 있다.

첫 번째 거짓말.

인간은 보편적으로 거짓말을 할 수 있는 유일한 동물로 알려져 있다. 인간이 가끔 두려움 때문에 또 가끔 자신의 이익 때문에 거짓 말을 한다는 것은 사실이지만, 또 가끔씩은 거짓말이 진실을 방어 할 유일한 수단임을 적시에 깨닫는 바람에 거짓말을 하기도 한다.

그리고 과장.

따지고 보면 내가 살아오면서 다른 사람들보다 유달리 더 행복했 거나 불행했던 것도 아니다. 그런데도 청소년 시절부터 줄곧 비극적인 감정을 느껴왔으니, 참으로 가식적이다. 불행에 대한 이 사라질 줄 모르는 허영심이 이제는 지긋지긋하다!

주의해야 할 것도 있다.
거짓말과 속임수에 대한 분별.

그게 뭐가 그렇게 중요해. 이 땅에서 우리는 행복한 존재가 되기 위해 거짓말을 하고 있어. 하지만 우리 중의 누구도 거짓말을 속임수와 혼동하지는 않아.

그리고 과장과 체질적 통증에 대한 분별.

부식을 체험하는 것, 거의 날마다 내리는 비의 파괴에 노출된 자신을 발견하는 것, 자신이 연약한 존재로 변모하고 있고 자신의 점점 더 많은 부분들이 강풍에 날려 가서 점점 작아지고 있는 것을 아는 건 유쾌한 일이 아니다. 어떤 사람들은 상대적으로 감정의 녹이 더 많이 슨다.

거짓말에 대하여 좀더 쑤셔볼까. 깊이는 못 판다. 기운도 달릴뿐더러 너무 많이 파면 뱀 나온다.
우선, 거짓말을 하는 이유는 또 있다. 무식과 아둔함 그리고 입장과 체면 때문이다. 무식하고 아둔해서 하게 되는 거짓말이란 다 아는 척, 더이상의 오해는 없는 척, 하는 것 같이 지능과 이해력의 결핍 때문에 둘러대게 되는 그런 식의 거짓말을 말하며,

뭔가를 알려면 이해를 해야 하니까요.

입장과 체면에서 비롯된 거짓말이란, 예를 들어 나에게 굉장히 비판적인 리뷰를 보면 어떤 마음이 드느냐고 누군가가 물었을 때, '뭐, 괜찮아요!' 하는 것처럼, 쿨해 보이고 싶어서 의도적으로 하는 거짓말을 이른다.

우리가 설사 상대를 존중하는 태도로 비판하더라도, 그리하여 상대가 '비록 내가 실수는 했을망정 지금 내 인격은 존중받고 있다'는 느낌을 가지는 경우라 해도, 우리가 명심해야 할 점이 있습니다. 그것은 비판을 받는다는 것은 불편한 일이며, 비판은 상대방의 자존감을 다치게 할 수 있기 때문에 항상 마음상함과 맞물려 있다는 사실입니다.

물론 거짓말은 나쁘다. 하지만 속맘과 겉말이 늘 일치하는 사람은 또 얼마나 재앙인가.

A. C. 그레일링은 저서 『미덕과 악덕에 관한 철학사전』에서 까다롭고 민감하지만 흔해터지기도 한 명제들을 세 군데로 몰아놓았는데 첫째, '성찰해야 할 것'들의 묶음에 도덕주의, 관용, 자비, 예

의, 타협, 두려움, 용기, 패배, 슬픔, 죽음, 희망, 인내, 신중함, 솔직함, 거짓말, 위증, 배반, 충성, 비난, 처벌, 망상, 사랑, 행복이 둘째, '버려야 할 것'들의 자루에 민족주의, 인종차별, 동물차별, 증오, 보복, 무절제, 우울, 그리스도교, 죄, 회개, 신앙, 기적, 예언, 순결, 이교, 신성모독, 외설, 빈곤, 자본주의가 셋째, '아껴야 할 것'들이란 상자에 이성, 교육, 소질, 야망, 연기, 예술, 건강, 여가, 평화, 독서, 기억, 역사, 리더십, 여행, 사생활, 가족, 나이, 선물, 사소한 것이 들어가 있다. 버려야 할 것으로 분류되어야만 할 것 같은 거짓말이 성찰해야 할 것들과 한데 섞여 있다. 성찰省察, 반성하고 살피라는 소리다.

한평생 끼고 살아야 할 거라면 부작용 정도는 알아야 할 터.

돌아가신 아버지는 가끔 이런 말씀을 하셨다. 보통사람이 철저한 거짓말을 한다는 것은 불가능하다고. 거짓은 늘 절로 드러나버린다고 말이다. 그건 마치 너무 짧은 담요 같은 것이다. 발을 덮으려고 하면 머리가 드러나고 머리를 덮으면 발이 삐져나오고. 사람은 그 구실 자체가 불유쾌한 진실을 드러낸다는 사실을 깨닫지 못한 채 숨기기 위해서 복잡한 구실을 만들어낸다. 반면에 완전한 진실은 칠지하게 파괴직이고 아무런 실파노 가져다수지 못한다.

그러니 어찌하면 되겠습니까?

보통사람이 무엇을 할 수 있겠는가? 우리들이 할 수 있는 일은 그저 조용히 서서 지켜보는 것뿐이다. 우리가 할 수 있는 것은 그뿐이다. 조용히 서서 지켜보는 것.

의외로 간단하군.
책 속 거짓말 중에서 가장 인상 깊었던 거짓말은 운명적인 거짓말쟁이 사딕의 것이고,

태어난 지 육 개월도 안 되어서였다. 일터에서 돌아온 아버지가 나를 거들떠보지도 않았다. 난 무척 화가 났다. 시간이 한참 지나고 나서야 아버지는 몸을 굽혀 물끄러미 나를 쳐다보았다. 난 질끈 눈을 감고 내게 다가올 미래에 대해 생각했다. 아무것도 눈치채지 못한 아버지는 아직 살아 있는 거냐고 내게 물었다. 나는 몹시 화가 났다. 아버지는 내가 당신을 어머니로 착각하는 것을 제일 싫어했다. 그걸 이미 알고 있었던 나는 팔을 쭉 뻗으며 아버지를 불렀다. "엄마!" 그게 내가 한 첫 번째 거짓말이다. 효과는 금방 나타났다. "이 녀석은 키워봤자 아무 소용없겠어!"

제일 담담했던 거짓말은

새 합병증은 그다지 심각한 것은 아니었다. 가끔씩 아프고 어딘가 불편한 것뿐이었다.

그리고 떠오르는 과장 중에서 제일 섬뜩했던 과장은 사르트르의
것이고,

타인은 나의 협력자였다. 그는 존재하기 위하여 내가 필요했으
며, 나는 나의 존재를 느끼지 않기 위해서 그가 필요했다. 그러니
나는 나의 내부에서 존재하지 않고 그의 내부에서 존재하고 있었
다. 즉 나는 그를 살게 하는 수단에 불과했고, 그는 나의 존재 이유
였다.

제일 처절했던 과장은 이거였다.

우편함이 빨간 것도 당신 탓이야.

한 매체에 책과 문장에 대한 칼럼을 연재하는 내내 나의 진실이
무엇인지 헷갈려 고통스러웠다. 소설을 쓸 때와는 너무도 달랐다.
소설은 처음부터 꾸미기로 작정한 것이니만큼 걸릴 게 있을 리 없
었다. 오히려 더 꾸며내지 못하는 재능이 한스러웠다. 칼럼은 그게
아니었다. 무의식을 의식화하는 작업도 지난했거니와 매번 반복되
는 사적인 고백이 양심과 정서 양쪽에서 부대꼈다. 증상은 몸에서
도 나타났다. 배 속이 부글거렸고 변무통이 잦아졌으며 전만큼 먹
지 못했다. 옆구리 살이 말랐다. 어쩌면 앞으로는 두 번 다시 소설
아닌 글을 쓰지 못할 거라는 예감마저 든다.

미국의 에세이스트 애그니스 레플리어라는 사람이 이런 말을 했다고 한다.

'예술은 교훈적이지 못하고 사실을 순순히 따르지도 않으며 이론과도 싸우지 못한다. 또 설교를 받으면 죽어버린다.'

글질이 예술이라서가 아니라, 예술이란 단어를 글질로 바꿔치기 해도 전혀 어색하지가 않아서 인용해보았다.

'글질은 교훈적이지 못하고 사실을 순순히 따르지도 않으며 이론과도 싸우지 못한다. 또 설교를 받으면 죽어버린다.'

나에게 글은 이렇게나 허약했다. 뻥으로 임시변통한 글이라서 더욱 그랬을 것이다. 결국 나는 길을 잃고야 말았다.

〈조금씩 깊이 들어왔어요.〉 그가 말하더군. 〈그리고 좀더 깊이 들어오곤 했지요. 그랬더니 결국은 너무 깊이 들어오게 되어 이제는 돌아가는 방법조차 모를 지경에 이른 거죠……〉

뻥 좀 쳤다고 죄를 청할 수도, 글질을 그만둘 수도 없어서 나는 두 가지를 선택했다.

하나. 내 뻥에 대하여 시치미를 떼기로 했다.

둘. 글을 특별한 것으로 취급하는 걸 그만둘 때가 됐다.

참 편리한 뻔뻔스러움이다.

수많은 책들을 읽었다. 원하던 것을 얻
기도 했고, 길을 잃기도 했으며, 원수를
만들기도 했다.

한눈을
팔다

이적+김동률의 프로젝트 앨범 《카니발》에 〈그녀를 잡아요〉(서동욱, 김진표 피처링)란 곡이 있다. 4분 25초짜리의 경쾌한 이 노래를 듣다 보면 두 군데에서 랩이 나온다. 김진표의 몫이다.

먼저 앞, '외로워떤 투덜투덜대떤 니가 이런 행운을 받아들이든 말드은나.'

가슴에서 공명하는 미끈한 저음.

뒤, '맑은 우쏨 따사로운 가쏨 나는 믿음 세쌍에는 그런 애 또 없쓰음마'.

앞서거니 뒤서거니 경음과 격음의 조화.

어떤 계절의 저녁. 편두통이 심해 잠만 더했던 날. 하루 종일 먹빛으로 무겁게 내려앉기만 하던 하늘이 드디어 빗방울을 하나씩 떨어뜨릴 때, 그 소리.

어떤 계절의 새벽. 기차를 타고 떠났던 MT 둘째 날. 밤새워 노닥거리다 잠든 친구들 머리맡, 주저앉기 직전의 피아노 건반을 가만히 눌렀을 때, 그 소리.

김진표의 목소리를 들으면서 왜 그 소리들이 떠올랐는지는 나도 모른다. 들리지 않던 것이 들리는 때가 있으며, 그날이 바로 그런 날이었다는 것뿐.

지경이 넓어진 순간이었다. 그 전까지만 해도 나는 랩을 음악의 범주에 집어넣지 않고 있었으므로. 이후 MC 스나이퍼의 〈하늘은 언제나 나의 편〉을 거치면서 나는 랩도 아주 훌륭한 음악이라는 데 동의하지 않을 수 없었다.

나비의 날개 하나가 늪 수면 위로 부상했다. 그러나 막심도 슈비아르 씨도 그걸 보진 못했다. 모든 게 다 보이는 때가 있고, 아무것도 보지 않는 때가 있다. 무슨 생각을 하고 있느냐에 달려 있는 것이다. 너무 많은 생각은 시야를 가린다.

엉뚱한 것이 보일 때도 있다.

현재 일본은 대국으로 존립하는 데 필요한 요건들을 모두 갖추고 있다. 특히 본토의 고급 인력과 충실한 자본, 조선에 존재하는 양질의 노동력, 그리고 만주국 영내의 풍부한 천연 자원이 이상적으로 결합된 것은 아우타르키 체제로 재편성되기 시작한 지금의 시계 경

제에서는 큰 강점이다. —『상해공론上海公論』 1984년 2월호, 「일본의 해부: 경제편」에서

참 말도 안 되는 자료다. 1984년이면 두발자유화 3년차, 촌구석에서 명예욕 하나로 공부에 전념하던 내가 조회시간에 동해물과 백두산이, 목 놓아 애국가 부르던 때 아닌가 말이다. 그런데 이 시기에 '조선의 양질의 노동력'이라니!

게다가,

아직 어떤 나라도 식민지에서 올림픽 대회를 개최한 적이 없다. 제25차 올림픽 대회를 게이조우에 유치함으로써 일본은 자신의 조선 통치가 성공적이었음을 온 세계에 대해 과시한 것이다. 일본은 1910년의 〈일한 합병 조약〉에 규정된 사항들을 충실히 이행하였고, 가난과 무지에 시달리던 조선 인민들은 일본의 선진국다운 온화하나 확고한 지도 아래 생활수준이 급속히 향상되었다. —『뉴욕 타임스』, 1987년 4월 7일 자 사설 「조선에서의 올림픽 대회」에서

란다. 뻥도 범세계적이다.

알다시피 『비명碑銘을 찾아서』는 가상의 역사를 풀어놓은 소설이다. 8포인트쯤 되는 작은 명조체 글씨들이 빽빽한 527쪽짜리 책(1990년, 17쇄 기준이다). 그 책에 열광한 건 줄거리도 줄거리지만,

그 가짜 역사를 뒷받침하기 위해 작가가 창조해낸 각종 자료와 사료에 매료되었기 때문이었다.

화제의 중요성은 상대적인 것이다. 관점, 그 순간의 기분, 개인적인 공감에 따라 달라지기 때문이다. 서술자의 객관성은 근대의 발명품일 뿐이다. 우리 주 하느님이 당신의 책에서 그것을 원치 않았다는 것만 생각해보아도 알 수 있다.

주제 사라마구, 『돌뗏목』

조앤 롤링의 '해리포터 시리즈'. 글줄에 관심 좀 있다, 는 이라면 아무래도 조금은 기죽을 수밖에 없는 그녀의 영특한 필력도 대단하지만, 내가 더 감탄한 건 '해리포터 스쿨북'이다. 그녀가 창작한 마법사들의 교과서다.

마침내 회의에 참석한 대표들은 일정한 합의에 도달했다. 용과 번디먼을 포함한 스물일곱 종의 마법 동물을 머글 눈에 띄지 않도록 하고, 이러한 마법 동물이 오직 상상 속에서만 존재할 뿐이라는 환상을 심어주기로 한 것이다.

몇 세기를 지나면서, 이 숫자는 점차 늘어나게 되었다. 마법사가 은폐술에 더욱 확신을 갖게 되었기 때문이다. 1750년에는 국제 마법사 보안법에 73조항이 첨부되었고, 오늘날 전세계 마법부가 그 조항을 따르고 있다. ─『신비한 동물 사전』, 뉴트 스캐맨더

조앤 롤링, 『신비한 동물 사전』

다음을 상상해보자.

(켄타우로스와 마찬가지로) '인류'로 분류되기를 거부하고 '짐승'의 범주에 남아 있기를 원했으며, 가장 최초로 기록에 등장하는 것은 사이렌으로 알려져 있으며, 스코틀랜드의 셀키와 아일랜드의 매로우는 다른 지방의 그것에 비해 그다지 아름답지 못하며, 하지만 공통적으로 음악을 사랑하며.

뭘 두고 하는 소릴까? 마법부 등급 XXXX(위험군)에 해당하는 인어를 두고 하는 소리다.

그리고 〈예언자 일보〉의 리타 스키터 기자가 '그래도 최악은 아니다'라고 평가한 『퀴디치 마법사 학교의 스포츠 게임의 역사』의 저자는 골동품 빗자루 수집이 취미인 퀴디치 전문가 케닐워디 위스프다. 뉴트 스캐맨더, 케닐워디 위스프. 지은이의 이름들조차 참으로 마법사적이다. 어쨌든 나는 그 두 권, 『퀴디치의 역사』와 『신비한 동물 사전』이 본本 책보다도 더 흥미로웠다.

아닌 게 아니라, 주목할 만한 사건은 늘 더 주목할 만한 사건에 의해 묻혀버리는 법이기는 하다.

중요한 것은 그 '주목할 만한 사건'의 기준을 내가 잡는다는 사실.

예의니 무례니를 떠나, 그것은 청춘(굳이 나이를 따질 필요는 없으리라)의 본능이요 권리다. 내가 괴테를 신앙인이라 부르건 위대한 이교도라 부르건, 혹은 표현주의자라든가 다른 어떤 이름으로 부르건, 그건 내 감정의 문제다. 내게 감동을 주는 일체의 예술을 신성하다고 일컫건, 표현주의라고 부르건, 그건 전적으로 내 권리인 것이다.

내 말이 그 말이다.

파블로 네루다 탄생 100주년 기념 출간
영화 〈일 포스티노〉의 원작. 27개 언어로 번역된 세계적인 베스트셀러
문학의 진실과 감동, 시의 본질을 깨닫게 하는 아름다운 교과서

『네루다의 우편배달부』라는 책 뒤표지에 자주색으로 쓰여 있는 석 줄짜리 카피다.

책을 만들면서 책 표지에 어떤 문구를 넣어야 하느냐의 문제, 가히 심각하다. 책의 내용을 가장 잘 나타낼 수 있으면서, 자랑이라는 걸 그다지 티내지 않으면서, 선택의 기로에 선 독자에게 단숨에 들이밀 수 있을 만큼 눈에 띄면서, 그러한 모든 '~면서'를 해결해야 하는 최소로 문자 조합하기.

'세계적인 베스트셀러'에 '감동'은 물론이고 '아름다운 교과서'

라는 단어까지 등장했다.

더군다나 저자 스카르메타가 네루다의 시적인 향기에 흠뻑 취한 작가였고, 그 자신이 고백하듯 결코 네루다의 지인들 축에 끼어보지도 못했고, 시인과 세대 차이도 분명히 느꼈으며, 문학을 통해 추구하는 바가 달랐음에도 불구하고 네루다에 대해 좋은 기억을 가지고 있었기에, 1985년 마침내 『네루다의 우편배달부』를 발간하기에 이르렀단다.

그러니 번거로워라. 네루다란 인물에 대한 탐구와 〈일 포스티노〉(1994)라는 영화에 대한 검색은 당연했다.

만약 여러분이 가령 다음과 같이 대답하면 그들은 즐거워한다. 예전에는 연구를 하는 사람은 도서관에 가서 특정 주제에 관한 책 열 권을 찾아서 읽었지만, 오늘날에는 자기 컴퓨터의 버튼 하나를 누르면 1만 권의 문헌 목록을 받게 되고, 그러면 포기하게 된다고 말이다.

예상은 했지만 정보의 양은 아연실색 수준이었다. 그래서 '파블로 네루다'가 네프탈리 리카르도 레예스 바소알토Neftali Ricardo Reyes Basoalto라는 아주 긴 본명을 가진 칠레의 국민적 영웅이자 민중 시인이며, 노벨상 수상 작가이고 마르크스주의자라는 거, 고 정도만 받아들이기로 해버렸다.

그리고 영화 〈일 포스티노〉.

인터넷 해외사이트까지 뒤져 포스터란 포스터는 다 본 듯싶은데, 내가 책 속에서 공들여 그려나간 이미지와 너무 달라 적잖이 충격이었다. 게다가 그 선정성을 어떤 식으로 얄궂게 표현을 했을까 시키지도 않은 걱정이 들기도 했다. 책으로만 볼 때『네루다의 우편배달부』는 비슷한 시기에 읽은 코엘료의『11분』이 우울하고 심란한 선정성을 드러내 찜찜한 기분으로 할 말 잃게 한 소설임에 비해, 맑은 날 퍼지는 햇발만큼 경쾌했다. 역자의 '해학적' 이란 표현이 제대로지 싶었다, 꼭 마당놀이 보는 듯한. 나름대로 야하다곤 하는데 보는 사람은 흥만 겨운. 물론 저자 스스로도 이 소설을 '19금' 을 의식하고 써내려가진 않았을 게 분명하지만 말이다.

어쨌든 책을 읽은 시간보다 정보 검색에 시간이 더 들었다는 것을 고백한다.

그리고 현암사의 '우리가 정말 알아야 할' 시리즈 중『우리 규방문화』를 읽으면서 그와 유사한 상황이 벌어졌는데, 새로이 내가 혹한 건 시詩였다. 물론 말할 수 없이 아름답고 우아한 자수 작품과 공예품들은 사진 한 컷만으로도 눈을 떼지 못하게 했고, 도대체 이걸 어찌 알고 계시나 할 만큼 꼼꼼한 설명들은 저자에게 존경을 바치기에 충분했다. 그렇다 하더라도 눈이 사뭇난 설에 석힌 시로 쏠리는 걸 어쩌랴! 내 호기심과 미련의 대상, 허난설헌의 것은 물론이고 꽤 많은 시들이 등장한다.

그중 한 수.

양주동, 「다듬잇소리」

이웃집 다듬잇소리

밤이 깊으면 깊을수록 더 잦아 가네

무던히 졸리기도 하련만

닭이 울어도 그대로 그치지 않네

의좋은 동서끼리

오는 날의 집안일을 재미있게 이야기하며

남편들의 겨울 옷 정성껏 짓는다며는

몸이 가쁜들 오죽이나 마음이 기쁘랴마는

혹시나 어려운 살림살이

저 입은 옷은 해어졌거나 헐벗거나

하기 싫은 품팔이 남의 비단 옷을

밤새껏 다듬지나 아니 하는가.

　지인 중에 깊은 산 중턱에서 덩그마니 살았던 가족이 있다. 겨울
이면 황소바람이 칼을 들고 지나가는. 얼마나 추웠는지 그 집서 딱
하룻밤 묵고 온 남편이 굉장한 몸살감기를 앓았더랬다. (꽤 오래전
의 일이다. 지금은 서로 왕래가 없다.)

　하여간 젊은 부부하고 딸 하나하고 개 두 마리하고 그렇게 사는
데, 가난했다. 그래서 몇 푼 보태겠다고 안사람 되는 분이 뜨개질을
하는데, 밤새 앉아서 솜씨 좋게 떠서는 그걸 내다 판단다. 지금은

실 값도 만만치 않고 수제품이라고 가격도 꽤 세지만 그때만 해도 사정이 좀 달라서 큰 벌이는 안 되었다 들었다. 하지만 공들여 한 땀 한 땀 떠서 가게에 내다주고 몇 푼 받아오고, 뜨고 남은 실이랑 얻어온 실로 딸 거 만들고, 그거 작아지면 풀어 다른 실이랑 섞어 아빠 거 뜨고, 또 아빠 거 풀어 딸 거 만들고 그러면서 말이다.

나는 그녀의 뜨개질을 또 하나의 거룩한 규방문화로 받아들이며 경외했다.

우리는 밤에 같은 침대에서 같은 책을 읽는 일이 많았다. 그러나 나중에 우리가 각기 다른 데서 감동을 받았다는 사실을 깨닫곤 했다. 결국 다른 책이었던 셈이다.

수많은 책들을 읽었다. 원하던 것을 얻기도 했고, 길을 잃기도 했으며, 원수를 만들기도 했다. 그리고 그만큼이나 뻔질나게 한눈도 팔았다. 하지만 '한눈을 버리다' 가 아니라 '한눈을 팔다' 아니겠는가. 팔았으니 벌어온 것이 당연히 있는 법. 그렇게 벌어온 것으로 나는 하루하루 큰다.

내 글을 팔아 언니에게 신발을

『어둠 무렵이면 내가 보인다』, 김은규, 우리글

『푸른 꽃』, 노발리스, 김재혁 옮김, 민음사

『프로메테우스1~9』, G. 세레브랴코바, 김석희 옮김, 공동체

『바람의 그림자1~2』, 카를로스 루이스 사폰, 정동섭 옮김, 문학과지
성사

『칼의 노래』, 김훈, 생각의나무

『혼불1~10』, 최명희, 한길사

『11분』, 파울로 코엘료, 이상해 옮김, 문학동네

내가 글을 쓰는 이유

『미당 서정주 시선집』, 서정주, 시와시학사

『누가 하늘을 보았다 하는가』, 신동엽, 창비

지하철의 사이비 철학자

『내가 죽어 누워 있을 때』, 윌리엄 포크너, 김명주 옮김, 민음사

『혈통』, 파트릭 모디아노, 김윤진 옮김, 문학동네

『어느 클라리넷 주자의 오후』, 김석환, 문학과경계

『프랑스적인 삶』, 장 폴 뒤부아, 함유선 옮김, 밝은세상

꼬리 아홉 개

『사랑받는 사람들의 9가지 공통점』, 사이토 시게타, 이유정 옮김, 시학사

『규장각에서 찾은 조선의 명품들』, 신병주, 책과함께

『지식인의 두 얼굴』, 폴 존슨, 윤철희 옮김, 을유문화사

『우리의 말이 우리의 무기입니다』, 마르코스, 윤길순 옮김, 해냄

세상은 늘 의외다

『분노의 포도』, 존 스타인벡, 맹은빈 옮김, 일신서적

『객지』, 황석영, 창비

『통조림공장 골목』, 존 스타인벡, 정영목 옮김, 문학동네

『달콤한 목요일』, 존 스타인벡, 정영목 옮김, 문학동네

사람과 사람 사이

『자기 앞의 생』, 에밀 아자르, 전채린 옮김, 문학사상사

『사월의 마녀』, 마이굴 악셀손, 박현용 옮김, 문학동네

통하였느냐

『당신은 이미 소설을 쓰기 시작했다』, 이승우, 마음산책

『너는 어느 쪽이냐고 묻는 말들에 대하여』, 김훈, 생각의나무

『어머님이 들려주시던 노래』, 서서게, 창비

『내 서재에 꽂은 작은 안테나』, 정여울, 문학동네

『소설을 살다』, 이승우, 마음산책

『살아 있는 것들의 아름다움』, 나탈리 앤지어, 햇살과나무꾼 옮김, 해나무

그 말씀 들어 받잡나니
　『만남』, 한무숙, 을유문화사
　『조선의 뒷골목 풍경』, 강명관, 푸른역사
　『조선 사람들, 혜원의 그림 밖으로 걸어나오다』, 강명관, 푸른역사
　『유배지에서 보낸 편지』, 정약용, 박석무 편역, 창비
　『호걸이 되는 것은 바라지 않는다』, 정민·이홍식 편역, 김영사

김진규의 길
　『밥벌이의 지겨움』, 김훈, 생각의나무
　『같이 왔으니 같이 가야지예』, 박미경 글·이규철 사진, 이른아침
　『인생은 아름다워라』, 맹난자, 김영사
　『작가수첩』, 알베르 카뮈, 김화영 옮김, 책세상
　『책 읽는 소리』, 정민, 마음산책

모녀 사이_외계인의 역사
　『한낮의 우울』, 앤드류 솔로몬, 민승남 옮김, 민음사
　『딸들이 자라서 엄마가 된다』, 수지 모건스턴·알리야 모건스턴, 최윤정 옮김, 웅진주니어
　『딸은 아들이 아니다』, 비프케 폰 타덴, 이수영 옮김, 아이세움
　『마주침』, 유정아, 문학동네

『누구의 인생이든 비는 내린다』, 이수인, 책만드는집

개의 시간

『개―내 가난한 발바닥의 기록』, 김훈, 푸른숲

『너는 어느 쪽이냐고 묻는 말들에 대하여』, 김훈, 생각의나무

『성깔 있는 개』, 산도르 마라이, 김인순 옮김, 솔

『동굴』, 주제 사라마구, 김승욱 옮김, 해냄

『돌뗏목』, 주제 사라마구, 정영목 옮김, 해냄

『도플갱어』, 주제 사라마구, 김승욱 옮김, 해냄

『인간 수컷은 필요 없어』, 요네하라 마리, 김윤수 옮김, 마음산책

아름다운 것은 독하다

『안톤 체호프 대표 단편선』, 안톤 체호프, 강승환 옮김, 일송미디어

『빅토리아의 발레』, 안토니오 스카르메타, 김의석 옮김, 문학동네

『살아 있는 것들의 아름다움』, 나탈리 앤지어, 햇살과나무꾼 옮김, 해나무

『앰버 연대기1~5』, 로저 젤라즈니, 김상훈 옮김, 예문

『이야기꾼1~2』, 쉘 요한손, 원성철 옮김, 들녘

『혼자만 잘 살믄 무슨 재민겨』, 전우익, 현암사

『두 여자 사랑하기』, 빌헬름 게나찌노, 이재영 옮김, 창비

『암스테르담』, 이언 매큐언, 박경희 옮김, 미디어2.0

그렇게 배우다

『같이 왔으니 같이 가야지예』, 박미경 글 · 이규철 사진, 이른아침

『인생은 아름다워라』, 맹난자, 김영사

『파페포포 메모리즈』, 심승현, 홍익출판사

『독일인의 사랑』, 막스 뮐러, 김희구 옮김, 덕우출판사

『베로니카 죽기로 결심하다』, 파울로 코엘료, 이상해 옮김, 문학동네

『화이트 노이즈』, 돈 드릴로, 강미숙 옮김, 창비

『자전거를 못 타는 아이』, 장 자끄 쌍뻬, 최영선 옮김, 열린책들

『뉴욕 3부작』, 폴 오스터, 황보석 옮김, 열린책들

세상의 모든 집

『방드르디, 태평양의 끝』, 미셸 투르니에, 김화영 옮김, 민음사

『이야기꾼 1~2』, 쉘 요한손, 원성철 옮김, 들녘

『단종은 키가 작다』, 김형경, 고려원

『환상의 책』, 폴 오스터, 황보석 옮김, 열린책들

『어느 날 나는 흐린 주점에 앉아 있을 거다』, 황지우, 문학과지성사

『경성지련』, 장아이링, 김순진 옮김, 문학과지성사

『우리들의 하느님』, 권정생, 녹색평론사

『타네씨, 농담하지 마세요』, 장폴 뒤부아, 김민정 옮김, 밝은세상

영재와 둔재

『일식』, 히라노 게이치로, 양윤옥 옮김, 문학동네

『달』, 히라노 게이치로, 양윤옥 옮김, 문학동네

『방울져 떨어지는 시계들의 파문』, 신은주 · 홍순애 옮김, 문학동네

『책을 읽는 방법』, 히라노 게이치로, 김효순 옮김, 문학동네

『당신이, 없었다, 당신』, 히라노 게이치로, 신은주 · 홍순애 옮김, 문학동네

『미당 서정주 시선집』, 서정주, 시와시학사

어떤 꿈

『인간 조건』, A. 말로, 조홍식 옮김, 삼성출판사

『아홉 시간 동안의 전화통화』, 리처드 바크, 조남진 옮김, 명진출판

『아틀라스1~5』, 아인 랜드, 신예리 · 정명진 · 조은묵 옮김, 민음사

『사랑을 위한 과학』, 토머스 루이스 외, 김한영 옮김, 사이언스북스

『인간실격』, 다자이 오사무, 김춘미 옮김, 민음사

『콜레라시대의 사랑 1~2』, 가브리엘 마르케스, 송병선 옮김, 민음사

『나는 고양이로소이다 1~2』, 나쓰메 소세키, 임희선 옮김, 홍

관계, 그 어색함

『리스본 쟁탈전』, 주제 사라마구, 김승욱 옮김, 해냄

『마지막 숨결』, 로맹 가리, 윤미연 옮김, 문학동네

『만년晚年』, 다자이 오사무, 유숙자 옮김, 소화

『토니오 크뢰거, 트리스탄』, 토마스 만, 안삼환 옮김, 민음사

『시르트의 바닷가』, 쥘리앙 그라크, 송진석 옮김, 민음사

『화이트 노이즈』, 돈 드릴로, 강미숙 옮김, 창비

『아시시의 프란체스코』, 크리스티앙 보뱅, 이창실 옮김, 마음산책

봄날의 굿을 슬퍼하다

『비둘기』, 파트리크 쥐스킨트, 유혜자 옮김, 열린책들

『제인 에어 납치 사건』, 재스퍼 포드, 송경아 옮김, 북하우스

『자기 앞의 생』, 에밀 아자르, 전채린 옮김, 문학사상사

『사랑굿』, 김초혜, 한국문학사

『게 눈 속의 연꽃』, 황지우, 문학과지성사

허약한 글질

『눈뜬 자들의 도시』, 주제 사라마구, 정영목 옮김, 해냄

『두 여자 사랑하기』, 빌헬름 게나찌노, 이재영 옮김, 창비

『파타고니아 특급열차』, 루이스 세풀베다, 정창 옮김, 열린책들

『한낮의 우울』, 앤드류 솔로몬, 민승남 옮김, 민음사

『유리의 도시』, 폴 오스터, 황보석 옮김, 열린책들

『미덕과 악덕에 관한 철학사전』, A. C. 그레일링, 남경태 옮김, 에코의 서재

『따귀 맞은 영혼』, 배르벨 바르데츠키, 장현숙 옮김, 궁리

『나의 미카엘』, 아모스 오즈, 최창모 옮김, 민음사

『1001개의 거짓말』, 라픽 샤미, 유혜자 옮김, 문학동네

『인생은 아름다워라』, 맹난자, 김영사

『사랑받는 사람들의 9가지 공통점』, 사이토 시게타, 이유정 옮김, 시학사

『암흑의 핵심』, 조셉 콘래드, 이상옥 옮김, 민음사

『엘리자베스 코스텔로』, 존 쿳시, 왕은철 옮김, 들녘

『착각』, 프란츠올리비에 지스베르, 조은섭 옮김, 밝은세상

『비명碑銘을 찾아서』, 복거일, 문학과지성사

『돌뗏목』, 주제 사라마구, 해냄

『신비한 동물 사전』, 조앤 롤링, 최인자 옮김, 문학수첩 리틀북스

『헤르만 헤세의 독서의 기술』, 헤르만 헤세, 김지선 옮김, 뜨인돌

『미네르바 성냥갑 1~2』, 움베르토 에코, 김운찬 옮김, 열린책들

『우리가 정말 알아야 할 우리규방문화』, 허동화, 현암사

『왜 나는 너를 사랑하는가』, 알랭 드 보통, 정영목 옮김, 청미래